명화가 내게 묻다

당신의 삶에
명화가 건네는
23가지
물음표

# 명화가
# 내게
# 묻다

**최혜진** 지음

북라이프
booklife

**명화가 내게 묻다**

1판 1쇄 발행  2016년 6월 30일
1판 7쇄 발행  2021년 7월 27일

**지은이** | 최혜진
**발행인** | 홍영태
**발행처** | 북라이프
**등 록** | 제313-2011-96호(2011년 3월 24일)
**주 소** | 03991 서울시 마포구 월드컵북로6길 3 이노베이스빌딩 7층
**전 화** | (02)338-9449
**팩 스** | (02)338-6543
**대표메일** | bb@businessbooks.co.kr
**홈페이지** | http://www.businessbooks.co.kr
**블로그** | http://blog.naver.com/booklife1
**페이스북** | thebooklife
ISBN  979-11-85459-49-3  03800

비즈니스북스는 독자 여러분의 소중한 아이디어와 원고 투고를 기다리고 있습니다.
원고가 있으신 분은 ms2@businessbooks.co.kr로 간단한 개요와 취지, 연락처 등을 보내 주세요.

프롤
로그

학창 시절, 수업 시간에 손들고 질문한 적은 거의 없다. 선생님이 교실을
휘 둘러볼 때면 고개를 내리깔고 앞에 앉은 아이의 등에 가려지도록 힘껏
어깨를 움츠리면서 '자기 실종'을 꿈꿨다. 오지 선다형 가운데 정답 하나
를 고르는 질문 앞에선 늘 초라해지는 기분이 들었다.

반면 마음속에는 크고 작은 질문들이 생겨났다. '나라는 사람은 누구
인가', '왜 사는 걸까', '누군가를 사랑한다는 것의 의미는 무엇인가' 등의
물음은 한없이 붙잡고 늘어지고 싶을 만큼 매혹적이었다. 하지만 이러한
궁금증은 꼬박꼬박 등수가 매겨지는 시험에는 방해될 뿐이었다. 누구에
게도 말하지 않고 꿀꺽, 내 안으로 삼킬 수밖에 없었다.

졸업 후 잡지 기자로 일하면서 그동안 쌓여온 마음속 갈증이 사그라졌
다. 학창 시절 억눌려 있던 많은 질문이 반동하는 스프링처럼 터져 나왔
다. 씩씩하고 호방한 물음표가 든든하게 끝을 지키고 있는 의문형의 문장
들을 실컷 만들어냈다. 묻고 또 물어도 좋았다. 10여 년 동안 1천여 건의
인터뷰를 했는데도 물리지 않았다.

시간을 쪼개고 쥐어짜면서 기자 생활을 했다. 좋아서 하는 일이었지만
몸과 마음 곳곳에 쌓인 피로는 자주 감각과 사고를 무뎌지게 만들었다. 무
엇을 봐도 가슴이 뛰지 않는 날이 계속 되면 비행기표를 끊었다. 목적지는

먼 나라 미술관일 때가 많았다. 빈센트 반 고흐Vincent van Gogh의 무덤을 보기 위해 프랑스로 갔고, 피터 브뤼겔Pieter Bruegel의 〈이카로스의 추락〉Landscape with the Fall of Icarus을 보려고 벨기에로 갔다. 덴마크에서 가장 좋았던 여행지는 비밀스럽고 신비로운 뒷모습을 즐겨 그린 화가 빌헬름 하메르쇠이Vilhelm Hammershøi가 살았던 아파트였고, 노르웨이 여행의 하이라이트는 새하얀 눈으로 덮여 있던 에드바르 뭉크Edvard Munch의 무덤이었다. 어느덧 미술관 여행 10년 차가 되었고, 그간 다녀본 미술관이 50여 곳에 이르렀다.

처음 미술관 여행을 할 땐 '지식'으로 중무장을 했다. 무슨 일만 있으면 책부터 찾아보는 사람답게 예술사 개론서로 예습하고, 미술관에서 구입한 도록으로 복습했다. 그럴수록 자꾸 궁금해졌다. 도록에 실린 글들은 왜 대부분 난해한지, 화가를 설명할 때는 무조건 예술 사조를 따져봐야 하는지, 예술사적 의미가 있는 유명 작품이 왜 나에게는 아무런 감동을 주지 않는지. 빈번히 벌어지는 이러한 상황을 어떻게 이해해야 할지 여행을 거듭하며 알게 됐다. 내가 미술관에서 얻고 싶은 것은 '교양'이 아니라 '관계'이고, 하고 싶은 것은 '감상'이 아니라 '대화'라는 것을.

정물화, 풍경화, 추상화 등 다른 장르도 많지만 유독 인물화가 좋았다. 그림에 등장하는 다양한 사람들이 나에게 물었다. 그가 느끼고 있을 기분을 짐작해보라고, 그의 행동이 의미하는 것이 무엇이냐고, 나도 그와 비슷한 기분을 느꼈던 때가 있었느냐고, 그를 보면 어떤 추억이 떠오르고, 또 그 추억의 의미는 무엇이냐고.

그림 속 사람들의 질문에 대답하면서, 그동안 확실하다고 믿으며 살아온 것들을 시험대에 올릴 용기가 생겼다. 근면이 정말 선인지, 여자의 몸은 꼭 유혹적이어야 하는지, 효율성을 신봉하는 태도가 나에게 맞는지, 사랑과 결혼에 대한 막연한 소망의 출처는 어딘지, 당연한 믿음들로부터 한 발 물러나 긍정과 부정의 증거를 곰곰 따져보았다. 결과적으로 그림 속 사람들은 내가 내 생각의 주인이 될 수 있게 도와주었고, 감응하고 교감하는 영혼에 스며드는 조용한 기쁨을 선사했다.

명화를 왜 좋아하냐는 질문에 관한 나의 대답은 하나다. 그림을 통해 마주하는 타인의 삶이 결국 내 앞에 놓인 생을 좀 더 숙고하게 만든다. 그림은 내게 당연하다고 믿어왔던 것들의 '당연하지 않음'을 가르친다. 명화를 어떻게 봐야 하냐는 질문에 관한 대답은 이렇다. 권위와 지식을 앞세우는 엄숙주의에 짓눌리지 말고 마음속에서 샘솟는 자신의 감정과 느낌을 있는 그대로 믿을 것. 그것의 정체와 의미를 자신의 말로 정직하게 표현하려고 노력해볼 것. 이 과정에서 궁금한 점이 생길 때 자발적으로 공부할 것. 이 책에 등장하는 많은 물음은 독자가 스스로를 테마 삼아 생각을 풀어나갈 수 있게 하려고 존재한다. 정답은 없다. 각자의 대답이 있을 뿐이다.

그림을 매개로 대화할 때 우정이 얼마나 깊어질 수 있는지 알려준 소중한 친구 에스테파냐 산체스Estefania Sanchez, 글을 꼼꼼히 읽고 정성스럽게 책으로 엮어준 이효원 편집자, 그리고 내가 발견한 가장 복잡한 질문이자 안도하는 대답인 H와 출간의 기쁨을 나누고 싶다.

최혜진

## PART 2  일이라는 물음표

# PART 4 마음이라는 물음표

PART 1 ◦ **나**라는 **물음표**

생각
풀기
1

당신에게 특별한 능력이 생겼습니다.
그림 속으로 들어가
인물들을 만날 수 있는 능력이죠.
단, 다음 두 작품 중 하나만 선택해야 합니다.

어느 가족과 더 친해지고 싶나요?
함께 시간을 보내며 이야기를 나누고 싶은
가족은 어느 쪽인가요?

* David Leeuw with his Family, Abraham van den Tempel, 1671, 200×190cm, Rijksmuseum
** The Merry Family, Jan Havicksz, Steen, 1668, 141×110,5cm, Rijksmuseum

* Woman at her Toilet(Morning Toilet), Jan Havicksz. Steen, 1655~1660, 27.5×37cm, Rijksmuseum

# Q :
## 이런 나여도
## 괜찮을까요?

**A : 아침 목욕을 준비 중인 당신께**

암스테르담 국립미술관에서 당신을 만났을 때, 제 눈을 의심할 수밖에 없었습니다.

'화가가 정말 이런 그림을 그렸단 말이야?'

몸단장하는 여자를 유독 우아하고 몽환적으로 그렸던 근대 화가들의 방식에 제가 너무 익숙해졌던 탓인지도 모릅니다.

절 그토록 혼란스럽게 한 것은 당신의 종아리에 선명하게 새겨진 두 줄의 스타킹 자국이었습니다. 스타킹을 신고 온종일 뛰어본 사람이라면 저 자국이 무엇을 의미하는지 한눈에 이해할 수 있을 겁니다. 노동의 피로를 견뎌내고 집에 돌아와 혼자가 되었을 때 비로소 마주하는 서러운 훈장이지요. 밤새 일하고 아침에 스타킹을 벗는 당신의 사연과 직업, 밥벌이의 고단함이 느껴지는 순간입니다.

우리는 누구나 아름다운 모습만 보여주길 원합니다. 억척스러운 생활의 흔적까지 남에게 훤히 내보이고 싶은 사람이 어디 있을까요? 그럼에도 불구하고 얀 하빅스 스테인<sup>Jan Havicksz. Steen</sup>이라는 화가가 당신의 종아리에 두 줄의 상징을 남겨둔 까닭은 무엇일까요?

대학 때 친한 '남자사람친구' 셋과 택시를 타고 가
던 중이었다. 틈만 나면 시시덕거리며 서로를 골려대던 우리는 그날도 적
당히 약 올릴 소재를 찾고 있었다. 각자의 모자란 부분 가운데 그 결핍의
정도가 자존심에 치명타를 입힐 만큼 심각하지는 않은, 그래서 놀림의 대
상이 된 사람도 약이 오르긴 하지만 함께 웃으며 티격태격할 수 있는 소재
만 입에 올리는 것이 이 놀이의 암묵적인 규칙이었다.

"넌 왜 맨날 사탕을 물고 다녀. 다 큰 어른이. 자, 여기 뱉어."

첫 공격은 내가 했다. 키가 크고 늘씬한데 젖살이 빠지지 않아 유독 두
볼이 빵빵한 친구 A에게 손을 내밀며 말했다. 즉시 바통을 이어받은 두
친구는 너스레를 떨며 A에게 장난을 걸었다. A도 함께 웃었다.

"그러는 넌 목에 주름이 왜 이렇게 많아? 완전 목삼겹이네."

A의 반격이었다. 그가 이렇게 되받아쳤을 때, 나는 웃을 준비가 되어
있었다. 하하, 목삼겹. 하여간 말도 잘 지어낸다니까. 하지만 택시 안 공기
가 순식간에 달라졌다. 다른 두 친구는 웃지 않았고 곤란한 표정을 지었
다. 내 목주름은 치명타라서 건드리기 미안하다는 듯.

그날 오후, 집에 돌아와 거울을 봤다. 목에 있는 주름이 처음으로 인식

됐다. 이전에도 거기 있었으나 있는 줄 몰랐던, 한 번도 의식해보지 못한 결점.

그 뒤로 아주 오랫동안 목주름을 의식하며 살았다. 콤플렉스까지는 아니었지만 목을 전부 가리는 옷을 입은 날 내가 더 나아보였던 것도 사실이다. 목주름이 노화의 증거라거나 나태한 관리의 소산이었다면 차라리 나을 텐데 여섯 살 난 조카 목에도 똑같은 줄무늬가 새겨진 걸 보니 빼도 박도 못 하는 DNA의 힘이다. 개선의 여지조차 없는, 어찌 해볼 도리가 없는 일.

스물아홉 어느 날, 이 위대한 목주름은 존재감을 강렬하게 뽐내게 된다. 두 번째 갑상선암 수술을 받아야 한다는 통보를 받던 날이었다. 1년 전 첫 수술 때, 결혼도 하지 않은 20대 여자의 목에 커다란 수술 자국을 남기는 게 내키지 않았던 주치의는 겨드랑이를 통해 내시경을 집어넣는 수술 방법을 택했다. 환부를 직접 보는 대신 카메라 영상을 보며 수술을 했는데, 그때 암 부위가 충분히 제거되지 않았던 게 탈이었다. 이번에는 예외 없이 목에 절제선을 남겨야 했다.

"다행히 목에 주름이 많아서 이 주름을 따라 절제하면 흉터가 거의 보이지 않겠네요. 다른 환자들보다 상황이 훨씬 좋아요."

큰 고민 하나를 덜었다는 듯 명랑한 목소리로 수술 계획을 전하는 주치의를 보면서 나는 웃어야 할지 울어야 할지 감을 잡을 수 없었다.

그해 봄, 내 목에는 어찌 해볼 도리가 없는 선 하나가 더해졌다. 담담한 척 했지만 마음에도 지우기 힘든 선 하나가 새겨졌다. 20대에 두 번이나 수술을 한 내 몸과 어떻게 평생을 함께 살아내야 할지 막막했다.

한참 동안 스카프를 두르고 다녔다. 끈적한 땀이 흐르는 삼복더위에도 목에는 실크 스카프를 둘렀다. 가족들은 그 정도 흉터는 아무것도 아니라고, 아무도 내 목을 쳐다보지 않는다고 말했다.

"그래, 알아. 내가 괜찮아질 때까지만 하고 다닐게."

얼버무리는 것 말고는 달리 할 말이 생각나지 않았다.

수술 후, 한 남자를 만났다. 내가 처음으로 스카프를 풀어 흉터를 내보였을 때 그는 이렇게 말했다.

"수술 자국이 아니라 그냥 목주름 중 하나로 보여. 그러니까 그 스카프 좀 벗어."

선천적인 목주름이 있어 천만다행이라고 느끼게 해주는 그를 만나 스카프의 크기는 점점 작아졌다. 얼마 지나지 않아 나는 목을 다시 드러내 놓고 다닐 수 있게 됐다. 신기하게도 흉터 따위 아무렇지도 않았다. 참고로 그 남자는 2년 뒤, 나의 남편이 되었다.

사실 요즘 이 정도 결점은 이미지 보정 프로그램으로 충분히 손볼 수 있다. 더 근본적인 리터칭을 원한다면 주름 제거 수술을 하면 된다. 성형수술이 일상인 이 나라에서 그 정도는 흠도 아니다. 오히려 자기 관리를 잘하는 적극적인 사람이라는 이미지를 내세울 수도 있다. 드러내도 괜찮을 만한 자신의 모습만 골라서 보여주는 요즘 시대, 특히 SNS는 결여가 없는 세계다.

생각해본다. 얀 하빅스 스테인이 그린 〈단장 중인 여인〉Woman at her Toilet 속 스타킹을 벗는 여인이 이 시대 사람이라면, 그리고 그녀가 포토샵으로 종아리를 매끈하게 다듬고 스타킹 자국을 지워버린 뒤 인스타그램에 올렸다면 어땠을까? 미술사에 존재하는 수많은 인물화 가운데 그녀의 그림에 호기심을 느끼고 멈추어 바라볼 이유를 찾을 수 있었을까? 스타킹 자국이 없었어도 오래도록 이 그림 앞에 서서 그녀에 대해 생각했을까? 그녀 마음속에 쌓인 피로와 서글픔을 알아차릴 수 있었을까?

결국 내 마음을 울린 건 스타킹 자국으로 상징되는 그녀의 완벽하지 않음과 갖지 못함, 그러니까 '없음'이었다.

17세기 네덜란드 풍속화가 얀 하빅스 스테인은 페이스북이나 인스타그램 같은 요즘 시대의 SNS에는 감히 끼지 못할 '버려진 순간들'을 남다른 시선으로 바라봤다. 반짝이는 비단 옷을 입은 부유층이 질서정연하게 서서 턱을 내리고, 어깨를 곧게 편 채 근엄한 표정으로 관람자를 바라보는 이전 시대의 규격화된 초상화엔 흥미를 느끼지 못했다.

결혼이나 생일 같은 가족 행사의 마무리는 형제간의 멱살잡이가 되고 마는 '웃픈' 현실, 거나하게 취해 비틀대는 노동자의 퇴근길, 이 밤이 마지막이라는 듯 모든 걸 내려놓고 술을 마셔대는 외로운 영혼들, 불륜에 빠진 남녀, 숙취 때문에 눈도 제대로 뜨지 못하는 어느 질척한 아침 풍경. 분명 우리네 삶의 한 풍경이지만 남에게 보이고 싶어하지 않는 징글징글하고 지질하고 집요하고 후끈한 모습을 화가는 보란 듯이 그려냈다. 평범한 사람들의 울고 웃는 이야기도 그림으로 담을 만한 가치가 있다고 믿었기에 가능한 일이다. 츠베탕 토도로프 Tzvetan Todorov 가 《일상예찬》에서 썼듯 '회화는 본질적으로 그려진 대상을 예찬하는 것'이니까.

얀 하빅스 스테인의 호의 어린 시선 덕분에 나는 그림 속 인물들에게 등을 돌리지 못한다. 매끈한 종아리 대신 적나라한 종아리를 가진 여자를, 절제하지 못하고 순간의 충동에 몸을 던지는 남자를, 현명한 판단 대신 어리석은 선택을 하며 점잖은 척 소동 부리는 그들을 흉보는 대신 사랑하게 된다. 나라는 사람 역시 그들과 크게 다르지 않음을 곱씹게 된다.

내가 무엇을 가졌는지 알리는 그림이 있다. 이 정도 가졌으면 근사하지 않느냐고, 존경받고 사랑받을 만하지 않느냐고 묻는 건 고전적인 귀족의 초상화다. 리터칭과 필터 작업을 거쳐 업로드한 페이스북 사진이다.

얀 하빅스 스테인의 그림은 잠도 오지 않는 새벽, 차가운 형광등 불빛 아래서 거울을 보았을 때 마주하게 되는 민낯 같은 그림이다. 그 얼굴을 따뜻하게 바라봐주고 그 안에서 아름다움을, 유머를, 가치를 발견해주는 누군가가 곁에 있다면 삶은 더 살아볼 만한 것이 되지 않을까.

신형철 평론가는 《정확한 사랑의 실험》에서 이렇게 썼다.

"우리가 무엇을 갖고 있는지가 중요한 것은 욕망의 세계다. 거기에서 우리는 너의 '있음'으로 나의 '없음'을 채울 수 있을 거라 믿고 격렬해지지만 너의 '있음'이 마침내 없어지면 나는 이제는 다른 곳을 향해 떠나야 한다고 느낄 것이다. 반면, 우리가 무엇을 갖고 있지 않은지가 중요한 것이 사랑의 세계다. 나의 '없음'과 너의 '없음'이 서로를 알아볼 때, 우리 사이에는 격렬하지 않지만 무언가 고요하고 단호한 일이 일어난다."

—신형철, 《정확한 사랑의 실험》, 마음산책, 2014

콤플렉스가 될 운명을 가까스로 면한 몸주름에 대해, 건강하지 않은 몸에 대해 쓰는 이유는 하나의 없음을 용기 있게 드러낼 때, 누군가의 없음이 반응하기 때문이다. 적어도 내가 아는 한 사랑은 그렇게 시작되기 때문이다.

○
**얀 하빅스 스테인**Jan Havicksz. Steen, 1626~1679
역사, 신화, 종교가 아닌 보통 사람들의 일상을 묘사한 최초의 경향인 17세기 네덜란드 장르화의 거장. 양조장, 여관업 등 생업을 이어가며 관찰한 농민과 서민층의 왁자지껄한 일상을 화폭에 담았다. 인간적 약점을 지닌 평범한 사람들을 포착해 그 안에 생에 대한 애착을 녹여낸 탁월한 화가.

* Children Teaching a Cat to Dance, Jan Havicksz. Steen, 1660~1679, 59×68.5cm, Rijksmuseum
** The Drunken Couple, Jan Havicksz. Steen, 1655~1665, 64×52.5cm, Rijksmuseum

*  The Quack, Jan Havicksz. Steen, 1650~1660, 52×37.5cm, Rijksmuseum
** The Feast of St Nicholas, Jan Havicksz. Steen, 1665~1668, 70.5×82cm, Rijksmuseum

생 각
풀 기
2

다음 두 그림 속 여자들은 어떤 사람일까요?

몇 살 정도로 보이나요?

그녀는 건강할까요, 쇠약할까요?

부유할까요, 가난할까요?

자신감이 넘칠까요, 주눅 들어 있을까요?

당신의 시선에는
둘 중 누가 더 매력적인가요?

* Mrs Jeantaud in the Mirror, Edgar Degas, 1875, 84×70cm, Orsay Museum

# Q :
## 나는 왜 내 편이
## 아닐까요?

### A : 거울 앞에 앉은 장토 부인께

거울에 비친 부인의 모습이 이상합니다. 낯빛은 송장처럼 검푸르고, 완고하고 경직된 표정으로 앉아 있습니다. 거울 밖의 부인은 부드러운 피부결과 풍성한 머리숱, 세련된 옷차림, 곧고 바른 자세에서 풍기는 우아함까지, 이토록 아름다운데 말이에요.

부인이 지금 보고 있는 거울 속 여자는 누구인가요? 누구의 시선으로 본 모습인가요?

거울을 보며 "아, 내 얼굴 참 마음에 든다"라고 주저 없이 말할 수 있는 여자는 아마 많지 않을 겁니다. 여자들은 늘 자신이 살이 쪘고, 평범하거나 못생겼다고 생각합니다. 충분히 날씬하고 예쁜 여자들도요. 거울을 볼 때마다 부족한 점이 먼저 눈에 띄고, 더 예쁘지 않아 속상한 것. 이게 정말 여자의 본성일까요? 거울 속 자신의 얼굴을 바라볼 때 그 시선 위로 덧씌워지는 평가의 잣대는 대체 어디에서 온 것일까요?

웬만한 일에는 감정의 동요가 없는 남편도 못 견디하는 질문이 하나 있다. 내가 그 질문을 할 때마다 어깨를 축 늘어뜨리고 한숨을 푹 내쉬고는 목소리 톤을 한 옥타브 높여 대답한다.

"또, 또 그런다. 연애 때도 네 다리 모양은 그랬단 말이야. 다리 안 굵어졌다고! 정말, 여자들은 왜 그래?"

내 외모에서 그나마 봐줄 만하다고 자부했던 다리가 점점 굵어지고 있다. 원인은 안다. 서른 살에 받았던 척추 수술. 허리에 손을 대니 몸이 균형을 맞추기 위해 쓰지 않았던 근육들을 쓰는 모양이다. 수술 전에는 메추리알을 품고 있던 종아리 근육이 지금은 오리알을 품고 있다.

여자들은 눈에 잘 띄지 않는 사소한 변화에 왜 그리 호들갑을 떠냐고 남편이 푸념할 때, 나는 억울하다. 가끔은 성질도 난다. 첫째, 눈에 안 띄다니. 이렇게나 잘 보이는데. 둘째, 누구는 이러고 싶어서 이러나. 귀신같이 눈에 들어오니까 나도 모르게 묻게 되는 거지. 셋째, 늘씬 쭉쭉 빵빵한 여자를 보면 헤헤 웃는 게 대부분의 남자 아니었던가. 넷째, 내가 결혼도 한 마당에 외간 남자한테 잘 보이려고 이런 질문을 했겠나. 물론 그렇다고 딱히 남편에게 잘 보이고 싶어 질문한 것도 아니지만. 이유 없이 문득 궁금해진단 말이다. 내가 어떻게 보일지, 나를 보면서 남들이 어떤 생각을 할지.

여자는 종종 자신이 어떻게 보이는지 타인에게 묻는다. "오빠, 나 살찐 것 같아?"류의 질문이 남자들에겐 지상 최대 난제라고 한다. "응, 좀 찐 것 같아?"라고 대답해도, "아니, 똑같은데"라고 대답해도, "글쎄, 나는 잘 모르겠어"라고 대답해도 어차피 여자는 상처받고 헤어지자고 한다는 씁쓸한 농담이 남자들 사이 정설로 통한다. 이 지뢰밭 같은 질문에서 살아남기 위해 인터넷 커뮤니티에 모여 현명한 대처법을 진지하게 토론을 하기도 한다.

"나 어때?"라고 질문하는 여자들이 원하는 건 사실 하나다. 안심하는 것. 내가 어떻게 변하든 사랑하는 사람이 계속 나를 예쁘게 봐주고 있다는 사실을 확인하는 것. 여자들은 왜 매사 확인받으려 하느냐고 묻는다면 나도 이유는 잘 모르겠다. 확인받으려는 마음만 내려놓으면 여자 스스로도 편하고 남자들도 지상 최대 난제로부터 해방될 수 있을 텐데. 이 죽일 놈의 호기심은 왜 이렇게 질기고 강력한 걸까?

슬로베니아 출신 사회학자이자 라캉주의 철학자인 레나타 살레츨 Renata Salecl 은 그의 저서 《불안들》에서 이렇게 설명한다.

"여성은 남성이 자신에게서 보는 대상을 자신이 소유하지 않고 있다는 것을 염려하고, 그래서 자신 안에 있는 자신 이상의 것이 무엇인지 끊임없이 궁금해한다. 또 이런 불확실성 때문에 여성은 끊임없이 대타자의 욕망을 묻는다. 요컨대 남성은 자신의 상징적 역할을 맡을 수

없어 외상을 입고 여성은 대타자의 욕망의 대상을 소유할 수 없어 외
상을 입는다."

_레나타 살레츨, 《불안들》, 후마니타스, 2015


그(여기서 말하는 그는 비단 사랑하는 남자 한 명을 의미하지 않는다. 좀 더 상
징성을 띈 타인, 넓게는 사회나 집단이 가진 규칙과 가치관으로 대체해 생각해볼
수 있다)가 욕망하는 근사한 무언가를 내가 갖지 못했다는 초조함. 여자
마음 깊은 곳에는 이러한 불안이 있는 것 같다. 살을 더 빼야 할 것 같고,
피부는 잡티가 없어야 할 것 같고, 가슴엔 볼륨이 더 있어야 할 것 같고,
똑 부러지게 자기 꿈을 펼치며 살아야 할 것 같고, 운동을 규칙적으로 하
면서 자기 관리도 잘해야 할 것 같고, 애교도 떨 줄 알아야 할 것 같고, 가
끔은 요염하면서도 청순함을 잃어선 안 될 것 같고.

딱 꼬집어 그 이유와 욕망의 출처를 말할 순 없지만 '왠지 그래야 할 것
같다'는 초조함이 수시로 여자 마음을 덮친다. 그때마다 상대에게 묻게
된다. 내가 어떻게 보이느냐고, 여전히 당신을 매혹했던 그 무언가가 내
안에 있느냐고. 하지만 이런 식으로 살고 싶진 않다. 그동안 학교에서건
직장에서건 자신이 몇 점짜리 사람인지 숱하게 채점 당하며 살아왔다. 남
에게 확인받는 거라면 이젠 정말 지겹다.

어떻게 하면 '왠지 그래야 할 것만 같은 느낌'에서 벗어나 자유로워질
수 있을까. 여자들 머릿속에 있는 외모 이상향은 모두 미디어가 주입한
우아한 거짓말이라고 호통을 치면 좀 나아질까. 아름다움이 가진 권력을
덮어놓고 부정하면 될까. 미의 기준이란 것이 결국은 남자들의 구미에 맞

쳐진 것이니 이것에 저항하기 위해 일부러 치장도 하지 않고 촌스럽게 살아야 하는 걸까.

도무지 답이 안 나오는 깜깜한 질문에 작은 돌파구를 마련해준 영상이 있다. 2013년 칸 국제광고제에서 금상을 수상한 도브dove의 'Real Beauty Sketch' 캠페인이다.

한 스튜디오에 경찰에서 오랫동안 근무한 몽타주 전문가가 앉아 있다. 그의 옆엔 큰 커튼이 있고, 여자들이 스튜디오에 들어와 커튼 안쪽에 앉는다. 둘은 서로의 모습을 보지 못한다. 몽타주 전문가가 말한다.

"당신의 헤어스타일을 말해보세요. 얼굴의 가장 큰 특징은 뭐죠?"

여자는 답한다.

"어머니는 제 턱이 크다고 했어요."

"얼굴형이 둥글고 통통해요."

"저는 이마가 넓다는 말을 자주 들었어요."

전문가는 그녀들이 묘사하는 내용을 바탕으로 각자의 몽타주를 그린다.

다음엔 함께 스튜디오를 찾았던 다른 여성의 얼굴에 대해 묘사해달라는 부탁을 한다.

"그녀는 날씬하고 광대뼈가 매력적이에요. 턱이 예뻤어요. 가는 턱이었죠."

"코가 귀여웠어요."

다른 사람들이 묘사한 내용을 바탕으로 각각의 몽타주를 한 장 더 그린다.

모든 작업이 끝나고 여자들은 스튜디오로 다시 모인다. 눈앞엔 두 장의 초상화가 걸려 있다. 왼쪽은 내가 묘사한 나, 오른쪽은 다른 여성이 묘사한 나. 닮은 듯하지만 전혀 다른 두 사람. 왼쪽에 있는 여자는 우울하고 어둡고 자신이 없는 모습인데, 오른쪽에 있는 여자는 밝고 건강하고 아름다워 보인다. 그 적나라한 비교 앞에서 모두 눈물을 훔친다. 조용히 카피가 흐른다.

You're more beautiful than you think.
당신은 당신이 생각하는 것보다 아름답습니다.

도브는 이어지는 캠페인 'Choose Beautiful'에서 이런 설문 조사 결과를 바탕으로 여자 마음을 해부했다. 80퍼센트의 여성이 다른 여성에게 아름다움의 요소가 있다고 대답했고, 96퍼센트가 자신은 아름다움과 거리가 멀다고 대답했다. 타인을 바라보는 시선은 너그럽지만 자신을 향한 시선은 날카롭다. 캠페인이 말하는 메시지가 너무나 명확해서 아프다. 우리는 누구보다도 스스로에게 가혹한 잣대를 들이밀고 있다.

우선 이 사실을 기억하는 것만으로도 숨통이 조금 트이는 느낌이다. '왠지 그래야 할 것만 같은 느낌'을 갖는 건 내가 부족해서가 아니다. 나만 혼자 그런 초조함을 갖고 사는 것도 아니다. 이렇게 많은 여자가 자기 평가절하라는 늪에 빠져 눈물 흘린다는 건 개인 차원의 문제가 아니라 더 큰 구조적 문제가 있다는 의미다.

거울을 본다. '부족한 게 참 많다'는 걱정과 한숨이 밀려오려 할 때, 질문을 바깥으로 돌린다. 부족한 게 많다고 느끼게 만드는 건 누구인가. 나는 지금 누구의 시선으로 거울 속 나를 들여다보고 있는가.

○
**에드가 드가**Edgar Degas, 1834~1917
순간을 포착하는 날렵한 시선과 세련된 구도감을 가진 프랑스 최고의 데생 화가. 여체의 관능적인 선을 반복해 그렸지만 사생활은 여성혐오로 점철된 모순을 지녔다.

○
**헤라르트 테르 보르흐**Gerard ter Borch, 1617~1681
17세기 네덜란드 황금시대를 이끈 풍속화가로 두세 명이 동시에 등장하는 연극적 장면을 즐겨 그렸다.

○
**앙리 드 툴루즈-로트렉**Henri de Toulouse-Lautrec, 1864~1901
선천적 병약함과 다리 골절로 평생 장애를 지닌 채 활동한 귀족 출신 화가. 파리의 밤 문화를 담은 세련되고 대담한 석판화 포스터로 유명하다.

○
**프레더릭 칼 프리스크**Frederick Carl Frieseke, 1874~1939
미국 인상파 화가이지만 생전에 대부분의 시간을 프랑스에서 보냈다. 화려한 색감을 자랑하는 지베르니 그룹의 일원.

○
**메리 카사트**Mary Cassatt, 1845~1926
생애의 절반을 유럽에서 보낸 미국 인상파 여성 화가. 드가에게 영향을 받아 경쾌한 선과 색을 선보였다.

* Woman at a Mirror, Gerard ter Borch II, 1652, 26×34.5cm, Rijksmuseum
** Woman before a Mirror, Henri de Toulouse-Lautrec, 1897, 47×62.2cm, Metropolitan Museum of Art

* Woman with a Mirror, Frederick Carl Frieseke, 1911, 81×80.6cm, Metropolitan Museum of Art
** Denise at her Dressing Table, Mary Cassatt, 1908~1909, 68.9×83.5cm, Metropolitan Museum of Art

다음 그림들 중
첫 번째 작품은 색채 표현의 귀재
르누아르Pierre Auguste Renoir가,
두 번째 작품은 물랭루즈의 화가
툴루즈-로트렉이 그렸습니다.

두 작품 속 모델의 얼굴과 오른쪽 자화상을 비교해보세요.
프랑스 인상파 화가들이 사랑한 모델,
수잔 발라동Suzanne Valadon이 직접 그린 자신의 얼굴입니다.

세 작품 속 여자의 얼굴은 무엇이 같고 무엇이 다른가요?
당신에게 무슨 말을 하고 있나요?

*    Dance at Bougival(Detail), Auguste Renoir, 1882~1883, 98×182cm, Museum of Fine Arts, Boston
**   Portrait of Suzanne Valadon, Henri de Toulouse-Lautrec, 1885, 46×55cm,
     National Museum of Fine Arts, Buenos Aires
*** Self-Portrait, Suzanne Valadon, 1898, 26.7×40cm, Museum of Fine Arts, Houston

* The Blue Room, Suzanne Valadon, 1923, 116×90cm, Centre Georges Pompidou

# Q :
## 사람들이 나를 어떻게 볼지
## 궁금한가요?

### A : 파란 방 마담에게

파리 퐁피두 미술관 최고의 매력녀인 당신과 이야기를 나눌 수 있어 기쁩니다. 당신을 처음 발견했을 때 푸하하 폭소가 터졌답니다. "볼 테면 봐라. 아이고, 의미 없다" 온몸으로 말하는 것 같았거든요. 속이 뻥 뚫리는 듯 통쾌했습니다.

사실 마담과 비슷한 포즈로 누워 있는 여자의 초상은 서양 미술사에서 수없이 반복해 그려졌습니다. 티치아노Titian 가 그린 〈우르비노 비너스〉Venus of Urbino, 앵그르Jean-Auguste Dominique Ingres가 그린 〈오달리스크〉Grande Odalisque, 마네Edouard Manet가 그린 〈올랭피아〉Olympia 등 침대에 비스듬히 누워 뇌쇄적인 눈빛으로 관람자를 유혹하는 여성 누드 작품은 따로 계보를 읊을 수 있을 정도죠. 그 계보의 끝에 마담이 있습니다. 전통적인 명화 속 여성 모델과 비교하면 마담은 날씬하지도, 육감적이지도, 매끈한 피부를 갖고 있지도 않습니다. 저에게 통쾌한 웃음을 선물한 결정적 차이는 마담이 보여주는 태도입니다. 몸을 배배 꼬며 예쁜 척하지 않는 모습. 유혹이란 것에 애당초 관심이 없어 보이는 마담의 심드렁함, 화가 수잔 발라동이 오랫동안 표현하고 싶었던 주제였을 겁니다.

신사동에 볼 일이 있어서 나갔다가 우연히 지하철 광고판을 봤다.

나도 누군가의 모델이 되고 싶다.

성형을 권하는 광고였다. 예뻐지고 싶다는 소소한 소망을 넘어선 처절한 선언이었다. 한숨이 나왔다. 뼈를 깎고 살을 찢는 어마어마한 고통을 감수하면서까지 스스로를 '보여지는 존재'로 만들겠다는 다짐 앞에서, 성형하기로 결심한 것도 아닌데 괜히 서글퍼졌다.

물론 광고가 어떤 메시지를 전하려는 건지 이해는 한다. 모델은 선택되어지는 존재다. 사진가, 화가, 패션 디자이너 등 모델이 필요한 창작자들은 각자 구미에 맞는 외모의 모델을 고른다. 모델은 "넌 이런 면이 특별해"라는 말을 듣는 짜릿한 경험을 한다. 다시 말해 모델이 되고 싶다는 것은 특별하게 대우받고 싶다는 말이다.

잘 알려진 것처럼 많은 남성 화가에게는 편애하는 여성 모델이 있었다. 창작의 영감을 불어넣는 아름다운 여인, 즉 '뮤즈'를 둔 남성 화가 이 야기는 서양 미술사에 차고 넘친다. 보티첼리Sandro Botticelli는 시모네타 Simonetta Vespucci를, 모딜리아니Amedeo Modigliani는 잔느Jeanne Hebuterne를, 보나 르Pierre Bonnard는 마르트Marthe de Meligny를 사랑했고, 각자의 뮤즈를 반복해 그렸다. 화가와 뮤즈가 어떻게 만났는지, 어떻게 사랑에 빠졌는지, 사랑의 장애물은 없었는지, 관계의 결말은 비극이었는지 희극이었는지 등 뮤즈 를 둘러싼 이야기는 자칫 딱딱하게 느껴질 수 있는 서양 미술사에 절절하 고도 흥미로운 드라마를 더해주는 윤활유 역할을 하며 사랑받아왔다. 그 녀들의 운명이 가혹하고 비련할지라도 '뮤즈가 되는 것은 멋진 일'이라는 환상은 언제나 굳건했다. 나는 그게 못마땅하다. 어차피 주인공은 남자 화 가고 뮤즈는 잠시 등장하는 여자 조연일 뿐인데, 화가의 '인간극장'을 좀 더 다채롭게 만드는 장치로 쓰이는 게 뭐 그리 대단하다고 난리들이람.

모딜리아니가 사망한 지 이틀 뒤 상심을 이기지 못하고 임신한 몸으로 투신자살한 잔느를 예로 들어보자. 잔느는 '천국에서도 모딜리아니의 모 델이 되기 위해 죽음을 선택한 뮤즈'로 회자된다. 만약 잔느가 죽지 않았 다면 어땠을까. 오래도록 상실감에 시달렸지만 결국 모든 아픔을 이겨내 고 새로운 사랑을 만나 가정을 이루고 장수했다면 어땠을까. 모딜리아니 가 그린 목이 긴 여인의 초상에서 지금과 같은 비애감이 느껴졌을까? 잔 느의 비극적인 죽음은 모딜리아니 작품을 특별하게 만들어주었다. 둘의 스토리는 시간이 지나도 사람들에게 잊히지 않을 것이고, 그럴수록 모딜 리아니의 그림을 특별하게 생각하는 사람은 많아질 것이며, 그의 그림 가치는 계속해서 높게 평가될 것이다. 좋다. 멋진 일이다. 생전에 제대로 평가받지 못한 불우한 화가 모딜리아니를 생각하면 더없이 잘된 일이다. 그렇다면 잔느가 얻는 것은 무엇일까. 사랑하는 이에게 모든 것을 바친 헌신적인 반려자라는 명예? 한 화가의 영혼을 사로잡았던 아름다운 모델이라는 자긍심? 역사에 이름을 남기지 못하고 사라진 수많은 여성 모델과 비교하면 명예롭다고 볼 수 있지만 아무리 생각해도 '화가 — 뮤즈' 드라마의 수혜자는 화가이지 모델이 아니다.

뮤즈 없는 창작자는 존재할 수 있다. 하지만 창작자 없는 뮤즈는 존재하지 않는다. 뮤즈는 혼자 설 수 없고 반드시 '누구의 뮤즈'로서만 호명된다. 처연하고 숭고하고 때로는 감동적인 이야기 안에 종종 가려지지만 누군가의 뮤즈로서 살아가는 의미를 찾는 순간 그 삶의 기반은 너무나 허약해진다. 이런 사실을 나에게 처음 알려준 건 앤디 워홀Andy Warhol의 수많은 뮤즈 중 한 명이었던 에디 세즈윅Edie Sedgwick이었다. 그녀를 알게 된 건 영화 〈팩토리 걸〉 덕분이었다.


1965년, 당대 최고의 팝아티스트로 추앙받는 앤디 워홀의 눈에 한 패션 모델이 들어온다. 깡마른 몸매에 검정 레깅스, 기하학 무늬의 미니 원피스를 입고 마음껏 춤을 추는 미인. 손가락에는 늘 긴 담배가 들려 있다. 짙은 스모키 메이크업과 샹들리에 귀고리로 불온한 퇴폐미를 뽐내다가 돌연 아이처럼 천진하게 활짝 웃기도 한다. 당시 스물두 살이었던 에디 세즈윅은 명문가에서 태어나 이미 막대한 부를 지닌 데다 자기만의 독특한 패션 스타일을 고수하는 셀러브리티였다. 앤디 워홀은 한눈에 그녀에게 반해 창작 그룹 '팩토리'의 멤버로 에디 세즈윅을 초대한다. 그녀는 팩토리의 원활한 운영을 위해 자금을 대면서 동시에 앤디 워홀이 만든 13편의 단편영화에 출연했다.

앤디 워홀의 뮤즈로 언론에 회자되며 명성을 쌓아가던 에디 세즈윅의 삶은 불과 1년도 되지 않아 허망하게 무너지고 만다. 앤디 워홀이 어느 날 새로운 여자 모델을 팩토리로 데려와 "이 아이에겐 뭔가 특별한 게 있어"라고 말한 그 순간부터.

앤디 워홀의 뮤즈 자리를 잃은 에디 세즈윅은 끝없이 추락했다. 팩토리를 나오고 나서 거식증, 마약 중독, 알콜 중독에 빠져 재활 시설과 정신병원을 전전했다. 오드리 헵번 같은 배우가 되기를 꿈꿨지만 영화 촬영은 마약 중독 문제로 번번이 무산됐다. 28세가 되던 1971년, 마약 중독 재활원에서 만난 마이클 브렛 포스트Michael Brett Post와 결혼한 에디 세즈윅은 4개월 후 약물 오용으로 사망한다. 그녀의 묘비명은 이렇게 새겨졌다. '에디 세즈윅 포스트 — 마이클 브렛 포스트의 아내'. 앤디 워홀이 뮤즈를 바꿔가며 영감을 수혈해 당대 최고의 예술가로 성장하는 동안 그녀는 배우도, 모델도, 그 무엇도 되지 못했다.

영화를 보기 전엔 나도 뮤즈라는 말에 괜스레 몸이 배배 꼬이는 20대 여자애였다. 한 예술가의 창작욕을 자극하고 감수성을 깨우는 존재라니! 그런 삶이라면 말년이 불행할지라도 한번 살아볼 만하지 않나 하는 위험한 생각도 했다. 하지만 에디 세즈윅의 처절한 인생을 알고 난 뒤, 누군가의 뮤즈가 되는 게 마냥 아름다운 일인 양 생각할 수가 없다.

뮤즈는 언제든 교체될 수 있다. 뮤즈에게는 관계를 지속할지 말지 선택할 권한이 없다. 언제나 타인이 자신을 선택해주길 기다려야 한다. 인생의 주체가 되지 못하고 누군가의 대상으로 사는 삶은 허약하고 위태롭다는 사실을 에디 세즈윅의 삶에서 배웠다.

문득 의아해진다. 왜 우리가 알고 있는 뮤즈는 죄다 여자인가. 남성 화가가 여성 모델에게 좋은 영감을 받으면 아름다운 뮤즈 이야기로 승화되는데, 왜 반대의 경우는 없을까. 일단은 이런 이유가 있을 테다. 모든 역사가 그러하듯 미술사 역시 권력층의 역사인지라 널리 알려진 여성 화가가 매우 드물다는 것. 하지만 더 근본적인 이유는 이것 아닐까. 바라보는 쪽에 여자가 있고 보여지는 쪽에 남자가 있는 구도, 그러니까 여자가 창작을 하고 남자는 관찰을 당하는 구도 자체가 우리에게 익숙하지 않다는 사실 말이다.

영국의 미술비평가 존 버거John Berger가 쓴 훌륭한 책 《다른 방식으로 보기》의 한 구절을 보자.

"그녀는 자기 존재의 모든 면과 자기가 하는 모든 행동을 늘 감시해야 한다. 왜냐하면 그녀가 타인에게 어떻게 보이느냐 하는 것이, 그리고 궁극적으로는 남자들에게 어떻게 보이느냐 하는 것이, 그녀 인생의 성공 여부가 걸려 있는 가장 중요한 사항이라고 일반적으로 생각되기 때문이다. 한 여자가 자기 스스로의 존재에 대해 갖는 생각은 이렇게 타인에게 평가받는 자기라는 감정으로 대체된다."

__존 버거, 《다른 방식으로 보기》, 열화당, 2012

수천 년 동안 여자는 제한된 공간 안에서 남자의 보호와 관리를 받으며 살았다. 남자에게 어떻게 보이느냐에 따라 어떤 대접을 받을지 결정됐기 때문에 먼저 여자들이 스스로를 감시하고 감독해야만 했다. 존 버거는 이렇게 정리했다.

"남자들은 행동하고 여자들은 자신들의 모습을 보여준다. 남자는 여자를 본다. 여자는 남자가 보는 그녀 자신을 관찰한다."

— 존 버거, 《다른 방식으로 보기》, 열화당, 2012

'평가하는 남자 ― 보여지는 여자'라는 전통적인 구도를 누구보다 깊게 내면화한 모델이었다가 스스로의 힘으로 그걸 깨치고 창작하는 주체가 된 대단히 멋진 여자가 있다. 바로 프랑스 화가 수잔 발라동이다. 본명은 마리 클레멍틴 발라동Marie Clémentine Valadon, 1865년 세탁부의 사생아로 태어났다. 어릴 때부터 그림에 재주가 있었지만 먹고살기 위해 양재사, 공장 노동자, 서커스 단원, 세탁부까지 닥치는 대로 일했다. 열여섯 살이 되던 해에 화가 퓌비 드 샤반Puvis de Chavannes의 권유로 모델 일을 시작해 르누아르, 툴루즈-로트렉, 드가 등 여러 인상파 화가들의 사랑과 관심을 받는 모델이 되었다.

르누아르 그림 속에서 수잔 발라동은 꽃잎처럼 우아하게 나풀거린다. 근심할 일이 별로 없는 상류층 여인의 풍요로운 일상이 그녀의 몸을 매개로 표현된다. 반면 툴루즈-로트렉의 그림 속에서는 삶의 여러 굴곡을 겪어낸 상처 많은 여인의 얼굴이다. 귀족 신분이었지만 키가 152센티미터

밖에 되지 않는 장애 때문에 주류 귀족 사회에 끼지 못했던 툴루즈-로트렉. 그가 환락가의 매춘부나 악사를 반복해 그리며 천착했던 소외와 외로움이라는 주제가 발라동의 초상에서도 읽힌다. 한마디로 화가들은 수잔의 얼굴에서 자신들이 보고 싶어하는 것을 봤고, 원하는 것을 취했다.

수잔 발라동이 일당 몇 푼을 받던 밑바닥 모델에서 프랑스국립미술협회가 여성 최초로 입회를 허가한 화가로 성장하기까지 이야기의 시작은 이랬다. 수잔은 모델로 일하며 화가들의 기법을 곁에서 유심히 관찰했고 혼자 그림 연습을 해나갔다. 그녀가 취미 삼아 그리는 작품들에서 심상치 않은 기운을 맨처음 느낀 사람은 툴루즈-로트렉이었다. 로트렉은 수잔을 에드가 드가에게 소개해주었고, 문하생으로 정식 교육을 받을 수 있도록 도와주었다.

정식 화가가 된 수잔 발라동이 가장 즐겨 그린 그림은 여성의 누드였다. 본인의 누드 또한 생애 각 시기별로 여러 점 남겼다. 수잔 발라동의 그림 속 여자 모델들은 앞서 보았던 〈파란 방〉의 대범한 마담처럼 관람자를 유혹하는 일에 별 관심이 없다. 몸을 배배 꼬면서 거슴츠레하게 이쪽을 쳐다보지도 않고 체모가 모두 제거된 매끈한 살결을 자랑하지도 않는다. 자신이 어떻게 보이는지, 어떤 평가를 받을지 별 상관없다는 듯 접힌 배를 내보이고 거뭇한 체모를 스스럼없이 드러낸다. 그러나 그 안에는 남성 화가들이 미화하고 정제하며 그렸던 누드에서는 한 번도 보지 못했던 자연스러움과 빛나는 생기가 흐른다. 그림 속 여자가 유혹하지 않아도 그림 자체는 더없이 매력적이다.

타인에게 보여지는 대상으로서의 삶과 창작하는 주체로서의 삶을 모두 겪어본 수잔 발라동이 그림을 통해 말하고자 했던 건 이런 게 아니었을까.

'여자의 몸은 그냥 몸일 뿐이다. 누군가는 여자의 몸에서 상류층 소녀의 수줍음을, 누군가는 성숙한 여인의 고뇌를 발견하고 영감을 얻었다고 말할지도 모른다. 하지만 그건 그 사람들 사정이다. 여자는 누군가에게 영감을 주기 위해 기다리는 존재가 아니다. 선택권은 나에게도 있다. 나도 세상으로부터 영감을 수집할 수 있다. 볼 테면 봐라. 당신의 시선, 나에겐 별 의미 없다. 당신이 내 몸에 대해 뭐라고 하든 난 상관하지 않겠다.'

○
**수잔 발라동**Suzanne Valadon, 1865~1938
프랑스국립미술협회에서 최초로 입회를 허가한 여성 화가. 젊은 시절 르누아르, 툴루즈-로트렉 등 인상파 화가들의 모델로 생계를 이어가며 어깨 너머로 그림을 배웠다. 정식 화가 데뷔 후 약 40여 년간 여성 예술가로서의 자의식을 드러내는 그림에 몰두했다. 화가 모리스 위트릴로Maurice Utrillo의 어머니이다.

* Reclining Nude, Suzanne Valadon, 1928, 80,6×60cm, Metropolitan Museum of Art
** The Nude Maja, Francisco Goya, 1799~1800, 190×97cm, Museo del Prado, Madrid
*** Women In White Stockings, Suzanne Valadon, 1924, 60×73cm, Museum of Fine Arts, Nancy

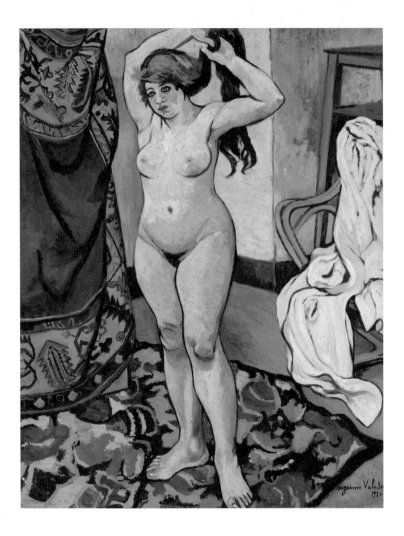

* Gilbert, Nude Fixing her Hair, Suzanne Valadon, 1920, 73.3×92.1cm, Private Collection
** Self-Portrait, Suzanne Valadon, 1917, 50×65cm, Private Collection

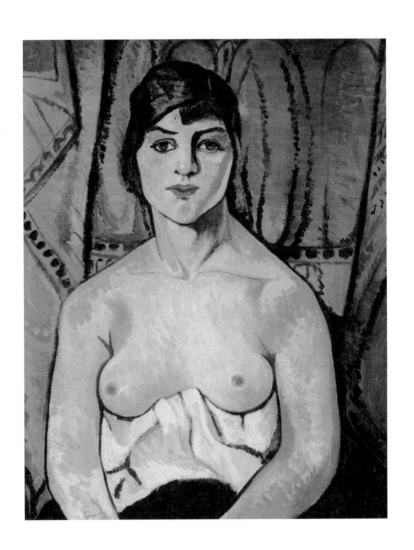

여자, 딸, 아내, 며느리, 여동생, 손녀, 이모, 조카,
어른, 한국인, 친구, 동료, 선배, 후배, 이웃 사람, 지인,
손님, 승객, 여행자, 저자······


우리 엄마에게 저는 막내딸입니다.
회사 후배에게 저는 선배입니다.
버스 기사님에게 저는 승객입니다.

이 글을 읽는 독자에게 저는 저자입니다.

타인과의 관계 안에서
'나'를 설명하는 단어는 늘어납니다.

자, 이번에는 당신 차례입니다.
당신을 설명하는 단어를
최대한 많이 떠올려보세요.

* Self-Portrait as the Apostle Paul, Rembrandt Harmensz. van Rijn, 1661, 77×91cm, Rijksmuseum

# Q:
## 진짜 나를
## 어떻게 찾죠?

**A : 안녕하세요, 렘브란트 작가님**

암스테르담 국립미술관 어느 구석에 유독 관람객이 몰려 있다면 그건 분명 당신의 그림 앞일 겁니다. 화가로서 최고의 명성과 부를 누렸던 청년기의 도도한 얼굴부터 부인과의 사별, 낭비벽으로 인한 파산 등 난관을 거친 초라한 노년기 얼굴까지, 스스로를 집요하게 응시하고 기록한 당신의 자화상은 많은 사랑을 받고 있어요. 추함과 회한까지 적나라하게 기록한 자기 성찰의 본보기로 소중히 다뤄지죠.

저는 당신이 대단한 자기 전문가라고 생각해요. 생의 정점에 있든 나락에 있든 '내가 이런 사람이라는 것을 나는 알고 있다'고 엄격하게 말하는 건 단단한 중심 없이는 힘든 일이니까요.

그 단단한 중심이 부럽습니다. 걸핏하면 '나는 누구일까? 내가 정말 원하는 건 뭐지?' 같은 질문에 휩싸이는 연두부 자아를 가진 저 같은 사람에겐 가장 복잡하고 까다로운 숙제가 바로 '진짜 나 찾기'이거든요. 특히 타인과 촘촘하게 얽혀 있는 관계 속에서 진짜 나와 되고 싶은 나, 되어야 하는 나를 구별하기란 쉽지 않지요. 렘브란트 작가님, 당신은 어떻게 자기 전문가가 될 수 있었나요?

"최혜진입니다."

"은혜 혜惠, 참 진眞 쓰는 혜진 맞죠?"

예전엔 공공 기관에서 이름을 말하면 나이 지긋하신 공무원 분들이 종종 저렇게 되물었다. 이미 다 알고 있다는 듯이. 대개는 "네, 네" 얼버무리고 넘겼다. 한문까지 정확하게 표기해야 하는 서류가 아니면 '혜' 자를 '해' 자로 헷갈리지만 않으면 되니까. 내 이름은 혜진이다. 날카로울 혜鏸, 구휼할 진賑을 쓴다.

시대별로 유행하는 아기 이름이 있다고 한다. 한국은 10년 주기로 유행이 바뀐다는데 내 이름은 척 봐도 1980년대다. 2000년대에 서연이와 민서가, 1990년대에 유진이와 민지가 있었다면 1980년대에는 혜진이와 지혜가 있었다.

초등학교 땐(그때는 국민학교라고 불렀다) 한 반에 나 말고 다른 혜진이가 존재하는 게 너무 당연하고 익숙했다. 적어도 한 명, 많을 땐 두 명의 혜진이가 더 있었다. "이미나", "이보라", "서예지" 선생님이 출석 부르는 목소리가 교실에 쩌렁쩌렁 울릴 때면 자기 이름을 독점해서 쓰는 애들은 어떤 기분일까 상상해보기도 했다.

물론 장점도 있었다. 선생님이 지명해서 문제 풀이를 시키거나 발표를 시킬 때 다른 혜진이가 뽑히면 내심 안도하는 미소를 지었다. 다른 많은 이름을 놔두고 같은 이름을 재탕하는 선생님은 그리 많지 않았으니까. 이름이 흔하면 인터넷 세상에서도 익명성 안에 숨을 수 있다. 누군가 페이스북에서 '최혜진'을 쳐서 나를 찾아낸다면 그 사람의 인내심은 인간의 것이 아니라고 봐야 한다.

흔해 빠진 이름 때문이었을까. 성장하는 내내 진짜 나만의 개성을 찾아내고 싶어 자주 발을 동동거렸다. 내가 세상에 나오기 전에 이미 부모님이 정해준 혜진이라는 이름만으로는 속에서 들끓는 감정과 호기심과 욕망이 설명되지 않아서 "너는 이래"라고 나를 규정하는 타인의 말들을 수집했다.

부모님이 "책임감 있는 막내딸"이라고 말하면 나는 책임감을 더욱더 키우기 위해 안간힘을 썼고, 언니가 "넌 그런 특이한 음악만 듣냐"며 신기해하면 음반 가게 구석 깊숙이 파고들었다. 친구가 "너는 네가 본 영화 줄거리 요약을 잘하는 것 같아"라고 말해주면 영화를 볼 때마다 어떻게 하면 내일 학교에 가서 이 영화의 장점을 친구들에게 그럴듯하게 들려줄 것인가 고민했다. 타인은 나를 비추어주는 거울이었고, 나는 거울이 보여주는 형상에 나를 맞추어갔다. 그렇게 더듬거리며 걸쳐 입은 자아상은 3년을 셈해 넉넉하게 맞춘 중학교 교복을 처음 입었을 때처럼 내 것임에도 어딘지 몸에서 겉도는 것 같았다.

스무 살 무렵, 의심이 시작됐다. 내가 나에 대해 설명하는 말들이 정말 나인지, 아니면 내가 되고 싶어하는 나인지, 내가 원하는 어떤 것이 정말 내가 좋아하기 때문인지, 다들 좋다고 하니까 그것을 원하는 건지, 글쓰기를 정말 내가 좋아하는 것인지 그나마 남들에게 칭찬을 받을 수 있는 일이 그것뿐이라 좋아하는 건지. 뿌리를 의심하니 모든 것이 헷갈리기 시작했다. 진짜 나를 찾으려고 할수록 진짜 나라는 아이는 저 멀리 도망가는 것 같았다. TV와 잡지, 책 곳곳에서는 '나를 찾는 여행', '진짜 당신 목소리를 들어라', '심장이 뛰는 길로 가라'고 독려하는데, 내 앞에 놓인 길은 늘 눅눅한 안개뿐이었다. '진짜 나'라는 실체 없는 단어 하나를 붙잡고 나름대로 치열하게 살면서 차곡차곡 완성해둔 확실성의 세계에서 뛰쳐나가야 하는 건가 조바심이 나고 마음이 종종 갑갑했다.

진짜 나는 어디에 있는 걸까. 어떻게 찾을 수 있을까. 쉽게 답할 수 없는 이 질문이 무한 도돌이표에 걸린 것처럼 머릿속에서 반복될 때가 있다. 내면의 전투를 모두 치른 뒤, 이제 자연스러운 내 본성대로 살고 있다고 믿는 서른 중반의 요즘도 가끔 '진짜 나라고 믿는 이 모습이 진짜 나일까?' 따위의 의문이 든다. 그럴 때는 컴퓨터에 저장해놓은 렘브란트의 자화상 여러 점을 한꺼번에 띄워놓고 멍하니 바라본다. 그 사람은 내가 아는 최고의 자기 성찰 전문가니까.

렘브란트는 화가로 활동한 40여 년간 자화상만 유화 50여 점, 동판화 32점, 드로잉 7점을 남겼다. 암스테르담 국립미술관에 처음 갔을 때는 〈사도 바울의 모습을 한 자화상〉Self-Portrait as the Apostle Paul 원화를 실물로 봤다는 감격에 도취되어 생각의 스위치가 바로 꺼져버렸다.

'드디어 봤어, 렘브란트를! 빛과 어둠의 대비로 인물의 심리를 탁월하게 표현한다는 그 렘브란트를!'

이렇게. 그것만으로도 족해 다른 생각을 하지 못 했다.

8년 후, 다시 암스테르담 국립미술관에 갔을 때 비로소 렘브란트 자화상이 지닌 독특한 매력을 눈치챌 수 있었다. 처음 볼 땐 질문하지 않았는데, 다시 보니 궁금했다. 왜 렘브란트는 역할극을 하듯 사도 바울에 빙의했을까.


렘브란트가 역할극을 하며 그린 자화상은 그것 말고도 더 있다. 제정신을 놓아버린 것처럼 공허하게, 또 소름 끼치도록 적나라하게 노년의 회한을 기록한 〈웃고 있는 제욱시스의 모습을 한 자화상〉Self-Portrait as Zeuxis Laughing은 고대 그리스 화가 제욱시스와 파라시오스Parrhasios의 이야기를 바탕에 둔다.

제욱시스와 파라시오스는 둘 다 뛰어난 화가였고, 그래서 자주 비교되곤 했다. 경쟁 관계에 있던 그들은 둘 중 누가 최고인지 실력을 겨루기로 했다. 결전의 날, 제욱시스가 휘장을 걷어 포도 넝쿨을 그린 그림을 보여주니 새들이 날아와 포도를 쪼아 먹으려 했다. 의기양양해진 제욱시스가 파라시오스에게 "자, 이제 휘장을 걷고 자네 그림을 보여주게" 하고 말하며 화폭을 덮은 커튼을 젖혔다. 하지만 그가 잡은 커튼은 파라시오스의 그림이었다. 제욱시스는 새의 눈을 속였고, 파라시오스는 새의 눈을 속인 화가의 눈을 속였다.

* Self-Portrait as Zeuxis Laughing, Rembrandt Harmensz. van Rijn, 1663, 65×82.5cm,
  Wallraf-Richartz-Museum

렘브란트는 이 싸움에서 진 제욱시스에 감정 이입을 했다. 〈웃고 있는 제욱시스의 모습을 한 자화상〉을 자세히 보면 왼쪽 구석에 한 노파의 옆얼굴이 보인다. 바로 제욱시스의 죽음에 관한 전설에 등장하는 노파다. 주름이 자글자글하고 흠칫할 만큼 못생긴 노파가 제욱시스에게 자신을 예쁘게 그려달라는 청을 한다. 그림을 그리면서 노파 얼굴을 볼 때마다 제욱시스는 웃음이 터졌고, 결국 웃음을 참아보려고 애쓰다가 숨이 막혀서 죽었다는 이야기다. 그림을 그리다가 웃으며 죽은 화가라니. 저주인지 축복인지 생각할수록 알 수 없는 죽음이다.

렘브란트는 50세가 되던 해에 파산 신고를 하고 내내 빚쟁이들에 쫓기는 신세가 되었다. 홀로 쓸쓸히 죽음을 맞이한 노년의 렘브란트는 스스로 제욱시스가 된 것처럼 분장하고 이 그림을 그렸다.

〈웃고 있는 제욱시스의 모습을 한 자화상〉은 내 눈에 렘브란트가 세상을 향해 던진 하얀 수건처럼 보인다. 뒤돌아서 링 밖으로 내려가며 자조적으로 웃는 그의 낄낄거림이 처연하면서도 오싹하다.


렘브란트의 역할극 자화상은 청년 시절부터 시작되었다. 1630년에 발표한 동판화 〈거지의 모습을 한 자화상〉Self-Portrait as a Begger에서는 동네 어디에서나 볼 수 있는 구걸하는 거지로, 1631년에 그린 유화 〈동양의 옷을 입은 화가의 초상〉The Artist in an Oriental Costume, with a Poodle at his Feet에서는 무역으로 돈깨나 만진 갑부로, 1634년 발표한 동판화 〈동양의 절대군주 모습을 한 자화상〉Self-Portrait as an Oriental Potentate에서는 인도네시아인들이 쓰는 물결 모양의 단검을 든 근엄한 왕으로 분장해 그림을 그렸다. 무대 위에 올라가는 배우처럼 여러 인물들 안에 자신을 넣어보고, 스스로의 반응을 관찰했다. 각각의 입장이 되었을 때 자신의 얼굴이 어떻게 미묘하게 달라지는지 발견하기 위해. 자기 앞의 지평을 넓히기 위해.

렘브란트의 역할극 자화상을 보고 있으면 자아라는 것도 조금씩 발견하고 개척해나가는 신대륙 같단 생각이 든다. 그리고 자기 발견의 가장 좋은 방법은 낯설고 새로운 상황과 처지에 스스로를 던져놓고 그 반응을 살펴보는 것이란 생각도. 빈곤에 처했을 때의 나, 승승장구하며 성취감을 누릴 때의 나, 을의 자리에 있을 때의 나, 갑의 자리에 있을 때의 나……. 그 많은 내가 어떻게 같고 어떻게 다른지 예민하게 포착하는 것이 결국 자아 성찰 아닐까.

진짜라는 단어가 내포한 유일성의 뉘앙스 때문에 '진짜 나'라고 하면 뭔가 똑 떨어지게 한마디로 정리되어야 할 것 같지만 복합적인 관계망 안에서 어느 위치, 어느 역할에 있느냐에 따라 조금씩 다른 내가 튀어나오게 마련이다. 그 모든 '나'를, 내 안에 너무 많은 '나'를, 그 다면성을 모두 껴안을 때 비로소 '진짜 나'를 설명할 수 있는 것 아닐까.

◦
**렘브란트 하르먼스 판 레인**Rembrandt Harmensz. van Rijn, 1606~1669
17세기 네덜란드 황금시대를 대표하는 초대형 화가. 역사화, 초상화, 풍경화 등 다양한 주제를 유화, 동판화, 드로잉 등 다채로운 방식으로 실험했다. 그림의 내부에서 우러나오는 것 같은 오묘한 빛과 아득한 어둠을 대비해 인물의 깊은 심리를 드러낸 거장.

* Self-Portrait, Bareheaded Bust, Rough Etched, Rembrandt Harmensz. van Rijn, 1629, 15.4×17.4cm, Rijksmuseum
** The Artist in an Oriental Costume, with a Poodle at his Feet,
  Rembrandt Harmensz. van Rijn, 1631~1633, 52×66.5cm, Petit Palais, Paris
*** Self-Portrait as a Beggar, Rembrandt Harmensz. van Rijn, 1630, 7×11.6cm, The British Museum
**** Self-Portrait Leaning on a Stone Sill, Rembrandt Harmensz van Rijn,
  1639, 16×20cm, Metropolitan Museum of Art

생각
풀기
5
각
기

달빛 속에 한 사람이 서 있습니다.
그의 뒷모습에서 무엇이 느껴지나요?


정처 없는 발걸음으로 거리를 맴도는 걸까요,
초조한 잰걸음으로 목적지를 찾는 걸까요?
집으로 돌아가는 길일까요, 집에서 막 나온 길일까요?
어떤 표정을 하고 있을까요?
울 것 같은 얼굴일까요, 느긋하고 편안한 얼굴일까요?


보름달이 있는 지금은
하루 중 어느 때 즈음일까요?

* Silver Moonlight, John Atkinson Grimshaw, 1880, 120×80,8cm,
  Mercer Art Gallery, Harrogate

* A Moonlit Street After Rain, John Atkinson Grimshaw, 1881, 35.5×46cm, Private Collection

# Q :
## 이게 정말
## 나의 길일까요?

**A : 달빛 골목을 걷고 있는 당신께**

졸려서 눈이 따끔거릴 때까지 잠들지 않고 새벽 풍경을 지켜보던 때가 있었습니다. 시침이 숫자 2를 가리킬 때 즈음, 오피스텔 창문에 코를 바짝 붙이고 앉아 텅 빈 도로에 오도카니 서 있는 가로등 불빛을 내려다보았습니다. 오지은이나 제이미 운Jamie Woon의 음악을 곁들이면 그 맛이 더 좋았지요.

요란하고 분주하게 보내는 낮 시간은 제게 생활인으로서의 현실감각을 요구했고, 그 현실감각은 곧잘 불확실한 미래에 대한 불안감으로 이어졌습니다. 반면 달이 지배하는 새벽은 저에게 아무것도 요구하지 않았습니다. 새벽의 적막함은 시간을 잊게 했고, 바리바리 들쳐 업고 있던 투쟁적인 생존 본능도 내려놓게 했습니다. 새벽의 정적은 무중력 공간이었습니다. 저 안쪽에 꽁꽁 숨겨놓았던 답 없는 질문들이 두둥실 떠올라 부유했습니다. 난 어떤 사람이 될까? 어떤 인생을 보내게 될까? 좋아하는 글을 계속 쓰며 살 수 있을까? 내가 가려는 이 길이 정말 내 길이 맞을까?

+

1999년 8월 30일 오전 10시 55분 15초, 내 생애 최초로 자발적 일기를 썼다. 시, 분, 초까지 모두 기억하는 이유는 기록했기 때문이다. 손가락으로 문지르면 푸른색이 묻어날 것 같은 파란 모닝글로리 스프링 노트 첫 페이지에 이렇게 적었다.

Shape of my heart.

내 마음의 모양. 당시 자주 듣던 스팅<sup>Sting</sup>의 노래 제목을 따서 붙여준 일기장의 이름이었다. 첫 일기는 이렇게 시작한다.

어제부터 왜 그렇게 핑크 플로이드 음악이 듣고 싶었는지 모르겠다. 결국은 이렇게 듣고 있다.

그날 학교는 축제 중이었다. 교정 구석구석까지 무척이나 시끌벅적했다. 나는 이어폰을 꽂고 생활관 옥상으로 통하는 층계참에 혼자 앉아 핑크 플로이드<sup>Pink Floyd</sup>의 〈The Wall〉 앨범을 들으면서 일기를 썼다.

생활관은 학교 뒤에 별도로 지어진 3층짜리 건물이었다. 그 안에 강당, 급식실, 지역 고등부 명문이었던 핸드볼부 선수 숙소, 그룹 스터디실이 있었다. 매달 수능 모의고사를 치러 상위 10퍼센트만 출입할 수 있는 그룹 스터디실의 입실 명단이 정해졌다.

매일 저녁 우등생들은 가방을 챙겨 생활관으로 향했다. 야간 자율학습 시작을 알리는 종이 울리면 지도교사는 각 층의 철문을 밖에서 잠갔다. 90퍼센트의 학생들을 감금하고 감시하느라 선생님들은 생활관 쪽으로 자주 오지 않았다. 생활관의 밤에는 자율이 있었다. 대부분의 시간을 생활관 옥상 혹은 옥상으로 가는 층계참에서 보낼 수 있었던 이유다.

학교는 계룡시로 빠져나가는 외곽 도로 초입에 위치해 있었다. 산을 깎아 만든 자리에 학교를 세워 매일 등산하듯 오르막길을 올랐다. 생활관 뒤에 고봉이 있었던 것만 빼면 학교 주변이 온통 하늘이었다. 사방에 시선을 싹둑 잘라 막는 건물이 없어서 학교가 애니메이션 〈천공의 성 라퓨타〉에 나오는 공중에 떠다니는 섬처럼 느껴지기도 했다. 생활관 옥상에서 보는 밤하늘은 정말이지 끝내줬다.

생활관 옥상에서 달이 매일 50분씩 늦게 뜬다는 걸 알았다. 지구과학 시간에 각도계 화살표 같은 그림을 통해 배우긴 했지만, 정말로 그렇게 슬그머니 50분씩이나 지각을 하는 줄 몰랐다. 교과서에서 읽은 50분과 직접 기다리며 체감한 50분은 달랐다. 달은 지각 대장이었다.

컴컴한 생활관 옥상에 누워서 이어폰을 끼고 음악을 들으며 달을 봤다. 보고 또 봤다. 그냥 바라만 봤다. 저녁에만 잠깐 비치다 마는 초승달은 깎아놓은 손톱 같았다. 어슴푸레한 어둠이 내려앉는 고봉 옆에서 야하게 내 쪽을 흘겨봤다. 깎아놓은 손톱은 며칠 후엔 먹기 좋게 잘라놓은 사과가 됐다. 한 입 베어물면 사각, 소리가 났다. 이울었던 달 모서리가 차오를수록 달을 볼 수 있는 시간은 길어졌다. 참고서에서 읽었던 김동리의 《보름달》에서처럼 '머리 위에 보름달만 있으면 언제 어디서고 세상은 충분히 아름답고 황홀하고 슬프고 유감한 것'이었다.

옥상 친구가 몇 명 있었다. 미어캣처럼 촉을 세우고 있다가 지도교사가 생활관 쪽으로 온다 싶으면 얼른 알려주는 친구, 그룹 스터디실에서 공부를 하다 말고 내 안부가 궁금해 올라오는 친구가 있었다.

어떤 밤, 핑크 플로이드와 너바나Nirvana, 펄 잼Pearl Jam 음악을 좋아했던 친구 하나가 이렇게 적힌 쪽지를 건네주었다.

달을 보면 여지없이 베인다. 그래서 투명한 피가 난다.

단 한 번의 시험이 인생을 담판 짓는다는 사실 때문에 우리는 자주 숨이 막혔다. 종일 참았던 무거운 숨을 크게 내뱉기 위해 밤마다 말갛고 서늘한 달이 있는 옥상에 모였다. 무엇을 바라고, 무슨 말을 하고 싶은지, 무엇 때문에 아프고, 무슨 꿈이 있는 건지 스스로에 대한 모든 것이 막연했다. 꽉 채워진 시간표대로 살아야 하는 낮 시간에는 똑 떨어지는 정답만 말해야 했지만 달빛 아래서는 막연함을 막연함으로 그냥 흘려보낼 수 있었다.

* A Yorkshire Lane in November, John Atkinson Grimshaw, 1873, 43.2×54.6cm, Private Collection

* In Autumn's Golden Glow, John Atkinson Grimshaw, 63.5×76cm, Private Collection

달을 오래 보다가 나는 처음으로 뭔가 쓰고 싶다고 생각했다. 마음속에 가득 고인 말을 끼적이는 행위가 자기치유적이고 주술적인 힘을 갖고 있음을 나에게 가르쳐준 건 1999년의 달이다.

1999년으로부터 120년 전쯤, 달을 오랫동안 바라보던 사내가 있었다. 영국 리즈Leeds에서 태어난 존 앳킨슨 그림쇼John Atkinson Grimshaw는 어릴 때부터 그림에 재능을 보였지만 부모의 강경한 반대로 미술학교에 진학하지 못했다. 열여섯 살이 되던 해, 아버지가 일하던 기차역에 나가 일을 배웠다. 일하며 틈틈이 그림을 그리면 그의 어머니가 모두 찢어버렸다. 1858년 결혼해 독립을 하고 나서야 화가로 전업 선언을 하고 그림을 그릴 수 있었다.

처음부터 그가 달을 그렸던 건 아니다. 초기에는 꽃이나 과일 정물화, 런던 도심 곳곳에서 가을 정취가 담뿍 느껴지는 풍경화를 그렸다. 독학으로 그림을 배워 평단에서는 인정받지 못했지만 그의 작품을 사랑하는 애호가들이 있어서 1870년대에는 17세기 저택을 빌려 살 만큼 화가로서 자리를 잡았다. 스카버러Scarborough 해안가에 위치한 이 저택에서 그는 밤바다를 그리기 시작했다.

하지만 1880년 무렵 그림쇼 가족은 심각한 경제 위기에 빠져 모든 살림을 정리해 고향인 리즈로 돌아오게 된다. 상상해보자. 엄청난 성공을 맛봤던 40대 가장이 부인과 여섯 자녀를 이끌고 낙향했다. 경제적 압박감, 미래에 대한 두려움, 막막함이 시도 때도 없이 목을 졸라왔을 것이다. 그 시절, 그림쇼가 매달린 것이 달이 빛나는 밤 풍경화다. 한 해 동안 50편의 풍경화를 그렸다.

'컴컴한 밤이 되면 화구를 챙겨서 집을 나서는 중년 남자가 있다. 잠든 아내와 아이들을 한번 쳐다보고는 삐그덕 문을 연다. 어두운 골목길에 터벅터벅 발걸음 소리가 울린다. 덜그럭덜그럭 화구통 소리는 발걸음과 공명한다. 자리를 잡고 우두커니 앉아 그림을 그리는 그의 뒷모습에서 이따금 긴 한숨 소리가 들려온다.'

어쩌면 나만의 상상일지도 모른다. 하지만 존 앳킨슨 그림쇼의 달 풍경화에선 이런 소리들이 들려온다.

그림쇼는 특히 달빛 아래 홀로 선 사람을 반복해 그렸다. 화폭에 자그맣게 자리 잡은 뒷모습, 그 고독한 피사체에 감정이입한 화가의 심정이 희읍스름한 달빛으로 흘러든다. 이 달빛 덕분에 화폭 전체가 아슴아슴하다. 현실의 압박에 굴하지 않고 묵묵히 자신의 길을 가야 한다고 다짐했던 그림쇼의 자기주술적 표현처럼 보이는 반복들. 달빛 아래서 막연함을 그냥 막연함으로 흘려보내며, 두둥실 마음속에 떠오른 답 없는 질문들이 지나가길 기다리면서, 매달리듯 그렇게 끼적여댄 흔적이 지금 우리의 마음에 아련한 신호를 보내고 있다.

김연수 소설가의 《청춘의 문장들》과 무라카미 하루키의 《직업으로서의 소설가》에 '키친 테이블 소설'이라는 표현이 등장한다. 전업 작가가 아닌 보통 사람이 한밤중에 주방 식탁에 앉아 쓴 글을 뜻한다. 생업에 도움이 되지도 않고, 의뢰를 받은 것도 아니며, 그 글이 최종적으로 무엇이 될지 확신할 수도 없는 상태에서 끼적여 내려간 글. 일터와 가정이 잠든 사이에 홀로 깨어 펼쳐낸 세상.

새벽은 그런 시간이다. 셈 빠른 현실감각은 서랍 깊숙한 곳에 넣어버리고 숨어 있던 여린 창조성을 조심조심 꺼내볼 수 있는 시간. 지금도 분명 어딘가에서 홀로 스탠드를 켜놓고 뭔가를 도모하고, 뭔가를 뚝딱뚝딱 만들고, 끼적대는 사람들이 있을 것이다. 그들 모두에게 그림쇼의 달빛 풍경화를 선물하고 싶다.

○
**존 앳킨슨 그림쇼** John Atkinson Grimshaw, 1836-1893
19세기 영국 빅토리아 시대의 화가. 달이 있는 몽환적인 도심 풍경. 비 오는 밤 부둣가의 정적 등을 즐겨 그렸다. 햄스테드, 리버풀, 리즈 등 산업화가 이루어진 도시의 쓸쓸하고 축축한 야경 안에 작은 뒷모습과 영롱한 달빛을 그려넣어 시적이고 풍부한 감수성을 표현했다.

* Reflections on the Thames Westminister, John Atkinson Grimshaw, 1880, 127×76.2cm, Leeds Art Gallery

PART 2 ∘ **일**이라는 **물음표**

생 각
풀 기
6

## "지금 하는 일은 어때요? 재미있어요?"

이 질문에 당신은 어떻게 답하겠습니까?

1 ) 네, 전 이 일이 좋아요.

2 ) 그럭저럭 괜찮아요. 할 만한 다른 일도 없으니까요.

3 ) 누가 일을 재미있어서 하나요? 일은 그냥 일일 뿐이죠.

4 ) 여건만 되면 당장 때려치우고 싶어요.

다시 질문을 던져보죠.

"당신은 왜 그 일을 하나요?"

어떤 대답을 할지 잠시 생각해보세요.

* The Idle Servant, Nicolaes Maes, 1655, 53.3×70cm, Rijksmuseum

# Q :
## 월요일을 좋아할 수는 없을까요?

### A : 구석에서 졸고 있는 하녀에게

어서 눈을 뜨세요. 어서요. 주인마님이 바로 옆까지 다가온 것도 모른 채 졸고 있으니 그림 제목이 '게으른 하인'이 되어버렸잖아요. 안주인은 당신에게 손을 뻗으며 옅은 미소를 머금고 있어요. "이 게으른 하녀 좀 보세요" 하며 공감을 얻으려는 듯 관람객을 쳐다보고 있죠.

부지런히 살라는 교훈을 설파하기 위해 그려진 17세기 작품이지만 저는 당신의 짙은 피로와 무력한 표정에 감정이입을 하게 됩니다. 일감은 한가득 쌓여 있고, 정신없이 해치워도 쳇바퀴 돌듯 똑같은 일상이 반복되는 데다가 누군가 시키는 대로만 해야 한다면 저라도 한숨이 끊이지 않을 것 같아요. 그럴 때마다 이런 질문이 스멀스멀 올라오겠죠.

"나는 왜 이 일을 하는 걸까?"

지금 여기 사람들도 당신처럼 지친 표정을 자주 짓거든요. 그런데 일이란 것을 좋아할 수는 없을까요? 월요일이 반갑지 않아도 적어도 어디로 도망가고 싶은 기분이나 슬픔, 부담감, 조바심 같은 부정적인 감정에 시달리지 않을 수는 없는 걸까요?

벨기에에서 프리랜서 에디터로 일했을 때, 특이한 이력을 가진 한국 학생을 인터뷰한 적이 있다. 세계적 권위를 가진 앤트워프 왕립예술학교에서 패션을 전공하는 학생이었다. 앤트워프 왕립예술학교는 패션계에선 신의 학교라 불리지만 입학생의 10~20퍼센트만 졸업할 정도로 유급율이 높은, 해병대 캠프 같은 곳이다. 하루에 서너 시간만 자면서 과제를 하고, 교수들의 수위 높은 비평과 비난, 때로는 수모를 견뎌야 하기에 학생들의 심적 고통이 이만저만이 아니다. 그럼에도 불구하고 전 세계 아이들이 이 학교에 들어오려고 안간힘을 쓴다. 패션을 사랑하기 때문에, 좋아하는 패션 일을 하고 싶어서.

인터뷰로 만난 그 아이는 세 살 무렵 바이올린을 시작해 열한 살 때 음악 영재 전형으로 학교에 입학한 타고난 음악가였다. 열여섯 살이 되던 해에 클래식 본고장인 빈에서 연주자로 활발하게 활동하면서 전속 매니지먼트사까지 두었다. 유럽 이 도시 저 도시를 다니며 순회공연을 할 정도로 경력을 쌓았지만 화려한 성공과 달리 마음속에는 점점 괴로움이 커졌다고 했다. 정해진 레퍼토리를 연습해 연주회를 하고 정산받는 것. 그러니까 바이올린을 돈벌이의 수단으로 쓰는 것이 견딜 수 없이 힘들어 결국 음악계를 떠나 패션 학교에 입학했다.

"제가 철이 없고 현실감각도 없어서 이렇게 생각하는지도 몰라요. 하지만 바이올린만큼은 돈이 얽히지 않는 순수한 영역에 놓고 싶었어요. 내가 제일 사랑하는 거니까."

"패션은요? 패션도 결국 돈과 얽히게 될 텐데요?"

"괜찮아요. 그건 상관없을 것 같아요. 제가 패션을 바이올린만큼 좋아하진 않아서요."

순간 여러 가지 질문들로 머릿속이 복잡해졌다. 왜 제일 좋아하는 일 대신 그다음으로 좋아하는 걸 평생 직업으로 삼으려는 거지? 좋아하는 일을 하면서 돈도 번다면 그거야말로 제일 행복한 거 아닌가? 심지어 재능도 뛰어난데 혼자 집에서 취미로 연주하는 건 너무 아깝지 않나?

그날, 두 귀로는 그 아이의 이야기를 들었지만 마음 깊은 곳에서는 그 선택이 납득되지 않았다. 내 안의 '무언가'가 이해를 거부하고 있었다.


그로부터 시간이 얼마 흐른 뒤였다. 돈을 받고 쓰는 글에 투자하는 시간보다 개인 블로그에 투자하는 시간이 더 많다는 사실을 알아차린 어느 날, 내 안에서 이런 질문이 불쑥 돋아났다.

'누가 돈 주는 것도 아닌데 왜 이렇게 블로그를 열심히 하는 거지?'

처음 그 생각이 들었을 때 이렇게 스스로를 달랬다.

'물론 당장 돈이 되진 않지만 언젠가 쓸모가 있을 거야.'

하지만 마음이 갈피를 못 잡고 회의감에 젖어드는 순간은 그 뒤로도 종종 나를 찾아왔다.

어느 날이었다. 익숙한 그 목소리가 또 들려왔다.

'블로그보다 차라리 원고료 받을 수 있는 매체 연재를 더 늘려.'

그러자 순간적으로 내 안에서 이런 대답이 튀어나왔다.

"아, 정말. 돈 받는 일만 해야 하는 건 아니잖아. 누가 시키는 글 말고 내가 원하는 글을 쓸 수 있는 블로그가 재미있고 좋단 말이야."

퍼뜩 깨달았다. '노동의 가치를 꼭 돈으로만 환산할 수 있는 건 아니다'라는 아주 단순한 진실. 내가 오래도록 잊고 살았으나 잊은 줄도 몰랐던 한 줄의 문장. 좋아하는 바이올린을 돈과 얽히지 않은 순수한 영역에 두고 싶다는 학생의 이야기를 들으며 이해를 거부했던 그 '무언가'의 정체를 비로소 깨달은 것이다.

돌이켜보니 마음의 방황은 늘 이유와 쓸모를 궁금해할 때 찾아왔다.

'이 일을 하면 내 커리어에 도움이 될까? 나중에 써먹을 수 있을까?'

이 질문들은 결국 이렇게 바꿔 생각할 수 있다.

'이걸로 돈 벌 수 있을까?'

그 밑바닥엔 이런 전제가 깔려 있다.

'세상에는 돈벌이가 되는 일이 있고 돈벌이가 안 되는 일이 있는데, 돈벌이가 안 되는 일은 의미가 없다.'

언제부터 이런 생각을 했던 걸까. 정말로 돈벌이가 안 되는 일은 의미 없다고 생각하는지, 나 자신에게 질문했다. 뒤로 물러나 거리를 두고 그 생각을 노려보았다. 아니었다. 그 생각은 내 것이 아니었다. 나도 모르게 사회로부터 주입받은 관념이었다. 돈을 받지 않았지만 좋아하는 명화와 그림책에 관해 글을 쓸 때 나는 행복했다.

'아, 맞아. 내가 이런 말을 하고 싶었던 거였어', '아, 이렇게도 생각할 수 있구나!' 깨달을 때마다 사유의 폭이 넓어지는 쾌감에 행복했다. 돈을 받지 않았지만 누군가의 고민에 뛰어들어 함께 마음을 썼던 시간이 나는 즐거웠다. 얼굴도 모르는 독자가 보내온 고민 메일을 수없이 반복해 읽고 그에게 권해줄 책을 고르느라 서점과 도서관을 오갔지만 그 길 위에서 금전적 보상을 받아야 한다고 생각한 적은 없었다. 업무량이 만만치 않은 작업이었지만 그 모든 노동이 괴롭기보다는 재미있고, 손익을 따지지 않아도 좋다고 생각했다.

심장이 가리키는 방향을 향해 내달리는 마음에 과속방지턱처럼 덜컥 브레이크를 거는 문장이 있다. 자라면서 자주 들었던 레퍼토리. "그걸 한다고 돈이 나오냐 쌀이 나오냐?" 세상 물정 모르는 용감무식한 바보 혹은 금수저로 태어난 몇몇 사람이나 팔자 좋게 돈과 상관없이 자기 좋은 일을 할 거라고 말하는 목소리, 설레던 마음을 주저앉히는 내면의 검열관이 등장할 때가 있다.

그러나 무언가를 할 때마다 쓸모와 효율성을 계산하는 습관, 투자 가치를 셈하는 태도에는 이런 덫이 있다. 그런 태도를 가지면 돈벌이가 되지 않는 삶의 영역을 최소화하려고 애쓰게 된다. 노래 부를 때 행복을 느껴도 돈이 된다는 보장이 없으면 더 이상 노래 부르는 데 시간과 마음을 쓰려고 하지 않는다. 돈벌이가 안 되는 일은 별 의미 없다는 생각이 위험한 이유는 돈벌이가 아닌 다른 모든 생산적 행위를 부정하게 만들기 때문이다. 하는 일마다 유난스럽게 쓸모를 계산할 때, 삶을 풍성하게 만드는 작은 행복들에 냉소하게 된다.

돈 되는 일에만 우선순위를 부여하고 '나의 경쟁력은 무엇일까' 몸값 높이는 방법만을 고민하며 사는 삶은 어떨까. 자기계발 잘하는 야무진 사람일까, 자신의 24시간을 어떻게든 돈으로 바꾸려고 전전긍긍하는 사람일까. 시간에 대한 주도권은 곧 삶에 대한 주도권이다. 주도권을 누군가에게 내준 채 행복하긴 힘들다.

17세기 네덜란드 화가 니콜라스 마스Nicolaes Maes는 렘브란트의 수제자였다. 렘브란트의 '키아로스쿠로'chiaroscuro(밝은 곳에서 어두운 곳으로 이르는 점진적인 표현에 의해 삼차원성을 표현하는 명암법)를 가까이에서 보고 배운 그는 1655년에서 1665년까지 10년에 걸쳐 노동하고 있는 여자들의 모습을 담은 연작을 내놓는다.

니콜라스 마스가 특히 즐겨 그린 대상은 물레를 돌려 실을 뽑는 여인, 레이스를 뜨는 여인이었다. 하루 중 정확히 어느 때인지, 아침인지 저녁인지 알 수 없는 어두컴컴한 방 안에서 덜커덕덜커덕 물레 돌아가는 소리가 들려온다. 물레와 레이스 틀 위로 쉼 없이 오가는 손, 똑같이 반복되는 동작, 그리고 침묵. 아마도 영겁처럼 느껴질 노동의 시간, 그림 속 여자들은 무념무상의 경지에 오른 듯 잡념 없이 집중한 모습이다.

어스레한 기운이 맴도는 이 그림들을 가만히 들여다보면 어떤 깨달음이 서서히 수면 위로 올라온다. 그녀는 노동하며 절망하지 않는다. 열심히 손을 놀려서 무엇인가를 가꾸고 있다. 그것은 무에서 유를 창조한다는 성취감일 수 있고, 가족을 부양한다는 사랑의 마음일 수도 있으며, 섬세한 직조 기술을 가졌다는 전문성에 대한 자부심일지도 모른다. 쉽게 정의 내

* The Spinner, Nicolaes Maes, 1652~1662, 33,5×41,5cm, Rijksmuseum

* Old Woman Saying Grace, Nicolaes Maes, 1656, 113×134cm, Rijksmuseum

릴 수 없는 뭔가가 부드럽고 숭고한 빛이 되어 그녀들을 감싸고 있다.

오로지 돈을 벌기 위해 일할 때 출근길이 도살장 가는 길처럼 느껴지고, 출근하자마자 퇴근하고 싶어지며, 일은 가급적 피하고 싶은 것이 된다. 돈은 일이 주는 여러 가지 좋은 점 중 하나일 뿐 전부는 아니다. 돈벌이 그 이상의 '일하는 이유'를 가꾸어나갈 수 있을 때 일은 내다버리고 싶은 부담이 아니라 아주 소중한, 때로는 숭고한 삶의 요소가 된다.

벨기에 앤트워프에서 보낸 오후 한나절의 경험 덕에 다짐할 수 있게 됐다. 나의 24시간을 모두 내다 팔려고, 몸값을 높이려고 전전긍긍하며 살지 않겠다고. 물론 생계를 위해 돈은 있어야 한다. 하지만 무턱대고 돈은 많으면 많을수록 좋은 것이라 믿으며 내 시간의 주도권을 전부 누군가에게 넘겨주진 않겠다. 다른 사람이 나를 위해 노동을 해주고 내가 돈으로 값을 치를 때는 감사 인사를 하려고 노력하겠다. 돈을 아무리 많이 주어도 절대 팔지 않을 것들을 늘려가겠다. 그 가치들을 꼭 끌어안고, 힘을 다해 믿고, 지칠 땐 그로부터 위로받으며, 고요하지만 풍요롭게 사는 법을 고민하겠다.

○
**니콜라스 마스**Nicolaes Maes, 1634~1693
렘브란트의 가장 뛰어난 수제자 중 한 명. 15세 무렵에 고향을 떠나 암스테르담으로 이사해 화가의 길을 걸었다. 초기에는 렘브란트에게 배운 대로 키아로스쿠로 테크닉을 연마했고 활동 중후기에는 자신만의 스타일로 발전시켜 렘브란트보다 조금 더 밝고 색채감이 있는 초상화를 남겼다.

"그 여자는 게을러요."

이 말을 들으면 어떤 모습의 여자가 머릿속에 떠오르나요?

부스스한 머리
푹 퍼진 몸매
꼬질꼬질 때가 낀 옷
퀭한 눈
지저분한 방
불행한 표정
미련함
식탐……

이런 이미지가 떠올랐는데 당신은 어떠셨나요?

다음 그림 속 여자들은
무엇을 하는 중일까요?

* The Hammock, Gustave Courbet, 1844, 97×70.5cm, Oskar Reinhart Collection, Winterthur

## 이 모습이 불행해 보이나요?

우리는 어쩌다 '게으름 = 나쁘고 추한 것'이란
생각을 갖게 되었을까요?

*  Figure in Hammock, Florida, John Singer Sargent, 1917, 53.3×34.6cm, Metropolitan Museum of Art

** Noon Day Rest, John William Godward, 1910, 80×40cm, Private Collection

* Day Dreams, Sir George Clausen, 1883, 152×70cm, Private Collection

# Q :
## 게으름을 피우면 왜 마음이 불안할까요?

### A : 휴식 중인 두 분께

힘든 농사일을 하다 잠시 나무 그늘 아래서 쉬고 있는 두 분의 표정이 어딘지 이상합니다. 몸은 잠시 일을 멈추었지만 정신은 이런저런 걱정들로 쉬지 못하고 있는 건 아닌지요. 끝내야 할 일 감에 대한 걱정인가요? 아니면 집안 형편에 도움이 되기 위해 무슨 일을 더 해야 할지 고민하는 건가요?

두 분의 표정을 가만히 들여다보고 있자니 어딘지 모르게 한국 직장인들과 닮았다는 생각이 듭니다. 주중에 야근을 불사하며 치열하게 일하고 주말에 늦잠을 자거나 한가로이 시간을 보내고 나서는 그 잠깐의 시간 때문에 불안감이나 죄책감을 느끼는 모습 말이지요. 이를 보고 누구도 게으르다거나 빈둥거린다고 비난할 수는 없을 거예요.

그런데 왜 우리는 이토록 작은 휴식에도 '나는 너무 게으른 것 같다'는 죄책감을 느끼는 걸까요?

스물두 살부터 서른두 살까지 회사를 다니면서 남몰래 비밀스러운 상상을 펼친 적이 많았다.

'내키지 않는데도 조직원이라서 해야 하는 일들이 참 싫다! 이런 일에 시간 낭비만 하지 않는다면 창의성을 마구 발휘하며 훨훨 날아다닐 텐데! 아, 딱 1년만 외국에서 마감 없이 살아봤으면.'

이런 상상이라도 해야 고된 마감을 버틸 수 있었다. 잡지계에서 에디터들끼리 흔히 주고받는 말이 있다.

'어떻게든 마감은 된다.'

사실 그랬다. 발행일이 되면 잡지는 나왔다. 회사에서 10년간 120권의 잡지를 만드는 동안 마감을 지키지 못한 적은 한 번도 없었다. 마감은 스스로 작동하는 자동화 장치가 아니고 사람이 하는 일이다. 그러므로 '어떻게든 된다'는 건 '어떻게든 하라'는 명령이다.

신입 때 들었던 선배들의 무용담, 마감 기간에 교통사고가 나서 병실에서 원고를 썼다는 이야기, 출산 전날 새벽 4시까지 원고 쓰고 애 낳으러 갔다는 이야기, 15년 기른 반려견이 세상을 떠났다는 전화를 받고서도 가보지 못한 채 울면서 원고를 쓰던 선배의 모습은 모두 어떻게든 되게 하려고 그랬던 거다. 마감은 냉정하고, 삼엄하고, 엄중하고, 매섭다. 한국 잡지 에디터의 마감 노동 강도는 영국의 풍경화가 조지 클라우슨George Clausen이 기록한 농부의 그것과 비교해도 뒤지지 않을 것이다.

비밀스러운 상상이 현실이 됐다. 연구를 하기 위해 프랑스로 떠나는 남편을 따라 터를 옮겼다. 모든 지인이 똑같은 말을 했다.

"와! 프랑스에서 1년이라니, 출근을 안 하는 삶이라니! 너무 부럽다."

"지금 세상에서 네가 제일 부러워!"

그 부러움에 걸맞게 푹 늘어져 게으름을 피우거나 내면을 풍성하게 채우는 하루하루를 보낼 생각이었다. 프랑스 남부 보르도에서 와인을 홀짝이면서. 하지만 현실은 달랐다. 너무 달라서 당황스러울 정도였다. '시간만 있다면'이라는 단서를 달고 이걸 하겠다, 저걸 하겠다 다짐했던 마음이 신기루처럼 모두 사라지고 극도의 무기력증에 빠져버렸기 때문이다. 자유시간을 갈망해놓고 막상 주말이 되면 '뭐 하지?' 막막해하면서 온종일 침대에 늘어져 있는 사람처럼 만사가 귀찮았다. 그러면서도 효율 최우선주의에 익숙한 회사원의 습성은 단박에 사라지지 않아서 구체적인 목표나 손에 잡히는 성과 없이 시간을 흘려보내는 게 불안했다.

'이렇게 아무것도 안 하고 있어도 되나? 나중에 이 시간을 후회하지 않을까? 이런다고 나한테 득이 될까? 지금 할 수 있는 뭔가를 아니, 뭐라도 좀 해야 하지 않을까?'

오랜 사회생활을 거쳐 나는 어느새 속 편하게 마음대로 놀지도 못하는 사람이 되어 있었다. 오롯이 나를 위한 시간을 가져보고 가꿔본 적이 없어서, 그 방법을 몰라서, 남아도는 시간을 되레 버거워하고 있었다. 누군 가 할 일을 주지 않아도 하루하루를 보람 있게 꾸려가려면 전혀 다른 차 원의 능력이 필요했다. 그건 어른이 되어 필요한 온갖 '스킬'을 학습시키 는 학교에서 한 번도 교육받지 못한 능력이었다. 바로 결승점 없는 몽상 속을 헤매는 능력, 심심할 능력, 자극에 반응하지 않는 능력, 미정의 상태 를 견디는 마음의 체력이었다.

어릴 때부터 게으름은 나쁜 것이라고 배웠다. 그 유명한 개미와 베짱 이 이야기에서 시간 낭비가 얼마나 죄질이 나쁜지, 게으름 피운 자의 말 로도 똑똑히 보았다. '시간은 금이다'라는 명언은 철옹성 같은 강력한 설 득력으로 시간을 투자 원금처럼 생각하게 만들었다. 뼛속까지 한국인인 나는 저 금언을 들을 때마다 이렇게 생각했다.

'그래, 시간은 금이지. 낭비하지 말고 성실하게 준비하고 투자해서 목 적을 이뤄야지. 빈둥거리면 나중에 배를 곯을 수 있으니까. 근면은 행복 을 보장하고 게으름은 불행을 가져온다고 하니까.'

초등학교 6년, 중학교 3년, 고등학교 3년, 대학교 4년, 직장 10년을 그 렇게 보냈다.

내가 아는 대부분의 사람이 그렇게 살았다. 자신을 소진해가면서 최선 을 다해 근면성실하게. 어느 순간 노력만으로는 답을 구할 수 없다는 것 을 어렴풋이 느껴도 무엇을 어떻게 하면 좋을지 몰라서 또다시 "열심히!" 를 외쳤다. 아마 노력이 부족했나보다 생각하면서 서점에서 자기계발 코 너를 서성이거나 일 잘하는 사람이 되기 위해 어떤 '스펙'을 더해야 할지

* Head of a Peasant Woman, Sir George Clausen, 1882, 40×54.2cm, Private Collection

* December, Sir George Clausen, 1882, 24×12.5cm, Private Collection

고민했다. 근면은 선이니까. 일이 많고 바쁘면 좋은 거니까. 근면하지 않아도 된다고 말하는 어른은 한 명도 없었으니까.

프랑스 보르도에서 처음으로 의아한 생각이 들었다. 정말 근면이 선이라면 전 세계에서 가장 노동시간이 긴 나라 중 하나인 한국은 행복해야 하는 거 아닌가. 한병철의 《피로사회》와 버트런드 러셀Bertrand Russell의 《게으름에 대한 찬양》 같은 책을 읽었다. 뼈아프게 마음이 시렸다. 이런 구절들 때문에.

"처음에, 전사와 사제들은 힘으로 강제하여 농부들을 생산케 하고 잉여를 내놓도록 만들었다. 그러나 시간이 흐르면서 일한 대가의 일부가 놀고 있는 사람들을 부양하는 데로 빠져 나간다 하더라도 열심히 일하는 것이 농부들의 본분이라는 윤리를 받아들이도록 유도할 수 있음을 깨달았다. 이 방법을 쓰게 되자 강제력을 쓸 일이 적어지고 따라서 지배에 드는 비용도 줄어들었다. (……) 의무란 개념은 역사적으로 볼 때 권력을 가진 자들이 그렇지 못한 자들에게 자기 자신의 이익이 아니라 주인의 이익을 위해 살도록 유도하는 수단으로 이용되어져 왔다."

—버트런드 러셀, 《게으름에 대한 찬양》, 사회평론, 2005

중세 봉건제도 아래의 농부들보다는 당연히 더 자유롭고 더 많은 권리를 누리며 산다고 믿어왔다. 하지만 다른 면에서 나는 노예였다. 모든 능력과 성취와 복은 다 개인의 노력에 달려 있다고 믿는 성과사회의 일원이었기에 스스로를 증명해내야 한다고 믿었다. 자발적으로 노동력을 키웠고, 내가 일터에서 보낸 많은 시간은 자기 착취의 결과였다. 좋아서 하는 일이라 더 어려웠다. 어디까지가 일에 대한 건강한 소명이고 어디서부터가 자기 착취인지 구분할 수 없었다. 내 일을 잘하고 싶단 생각 안에 많은 것이 뒤죽박죽 섞여 있었다. 숨을 헐떡이게 만드는 뜨거움의 정체를 꼼꼼하게 펼쳐봐야겠다는 생각을 해보지 못했다.

시간이 금이라는 금언에 반박할 생각은 전혀 없다. 누구에게나 1년은 365일이고, 하루는 24시간이다. 시간만큼 공평하게 모두에게 한정된 자원도 없다. 그러니 금처럼 귀하게 대접받아야 하는 게 맞다. 내가 속 편하게 놀 줄도 모르는, 일종의 노예 같은 상태였다는 충격적인 진실을 알게 된 프랑스 보르도에서 처음으로 '시간은 금이다' 뒤에 '그러니까 성실하게'가 아니라 다른 문장을 붙여보았다. 그러자 뿌옇게 보이던 시야가 서서히 밝아지는 느낌이었다.

시간은 금이다.
그런데 그토록 귀한 시간을 누구를 위해 쓰고 있는 거지?

시간은 금이다.
그런데 내 시간의 주인은 누구지?

시골 들녘에서 노동하는 농부의 일상을 즐겨 그린 조지 클라우슨의 작품을 보고 있으면 애잔한 마음이 든다. 30년 넘게 매일 출근해 전투하듯 일했고, 정년퇴직을 하고 나서도 또다시 일자리를 찾아나서며 "노는 것도 하루 이틀이지. 남아도는 시간에 뭘 하겠니. 일하지 않으면 활력이 줄고 우울하다"고 나지막이 말하던 아버지 생각이 난다. 아버지가 말한 그 기분은 아마도 당신이 할 일이 어디에도 없다는 좌절감, 나아가 뭔가 쓸모 있는 인간이 되지 못한다는 찜찜함과 괴로움일 것이다. 가슴 저 안쪽에서 뜨끈한 뭔가가 올라온다. 가족들을 먹여 살려야 한다는 절박함이 몸과 마음, 세포 하나하나, 구석구석에 대체 얼마나 깊게 배어 있기에 일할 때만 자신의 존재 가치를 인정하는 걸까.

그러나 평생 요령 한번 부리지 않고 성실하게 일한 노동자까지도 절박하게 만드는 불안이라면 문제가 있는 것 아닌가. 그 정도로 심리적 안전망이 없는 사회라니, 이상하지 않은가. 구성원 열에 아홉이 그런 불안을 갖고 산다면 그건 개개인이 일을 더 열심히 한다고 해서 해결될 문제가 아닌 것이다.

나는 한국인으로 태어났고 죽을 때까지 이 사회의 일원일 것이다. 버트런드 러셀이 말한 '이익을 가져오는 것만이 바람직한 행위라는 관념'에 사로잡힌 시대가 지금 내가 속한 곳이다. 내가 사랑하는 사람들도 모두 이곳에 산다. 시스템이라는 거대한 장벽 앞에서 때론 좌절하고 때론 분하지만 나와 사랑하는 사람들이 속한 곳이 여기라는 사실을 부정할 순 없다.


체념하고 손을 놓아버리긴 싫다. 미미한 변화도 만들어내지 못하는 작은 몸부림이라 할지라도 지금 여기에서 내가 할 수 있는 것들을 하고 싶다. 현재를 담보로 잡아놓지 않으면 미래가 휘청일 거라고 협박하는 세상이니까 정신을 더 똑바로 차리려고 한다. 나도 모르게 내면화되어버린 경쟁 논리가 성과만이 최고의 미덕이라 재촉할 때, 그 목소리를 향해 "아니"라고 말할 수 있는 능력을 키우겠다. 쥐어짜는 것을 경계하고, 채우는 기쁨을 찾겠다. 삶의 방향성을 점검하는 게으름의 순간을 선택하고 확보하겠다. 시간은 금이니까. 귀하니까. 중요한 건 시간을 버는 것이 아니라 그 시간의 주인이 되는 것이니까.

○
**조지 클라우슨** George Clausen, 1852~1944
영국의 농촌 풍경화를 근대적인 감각으로 그려낸 화가. 프랑스 자연주의 화가 쥘 바스티앙-르파주 Jules Bastien-Lepage를 흠모해 그에게 영향을 받았다. 1895년 왕립 아카데미 회원 화가로 입회한 뒤, 아카데미에서 교수로서 학생을 가르쳤고 1927년에는 기사 작위를 받았다.

* The Girl at the Gate, Sir George Clausen, 1889, 138.4×171.4cm, Tate Britain

굳게 한 다짐이 작심삼일이 될 때,
당신은 어떻게 반응하나요?

## 1
다짐은 원래 작심삼일이 제맛.
룰루랄라 아무 일 없다는 듯 지낸다.

## 2
적어도 삼세번.
다이어리를 펼쳐 또 한 번
다짐의 말을 적는다.

## 3
내가 그렇지 뭐.
자신과의 약속을 지키지 못한 탓에
상심하고 무기력에 빠진다.

* First Steps, after Millet, Vincent van Gogh, 1890, 91.1×72.4cm, Metropolitan Museum of Art

# Q :

## 다시 시작해도 될까요?

### A : 걸음마를 시작한 아기에게

너를 향해 팔을 활짝 뻗고 있는 아빠 얼굴에 얼마나 큰 함박꽃이 피어 있을지 보지 않아도 알 것 같구나. 채 여물지 않은 발걸음으로 버둥거리며 아빠에게 다가가려고 하는 네 모습이 정말 사랑스럽다.

아기가 걸음마를 배울 때 평균적으로 2천 번 넘어진다고 해. 그건 다시 말하면 아이가 그만큼 다짐을 했다는 뜻이겠지. 엉덩이 붙이고 앉아 있지 않고 다시 일어나기로 결심한 횟수, 다시 한 번 발을 떼어보기로 결심한 횟수가 그 정도라는 뜻일 거야.

수천 번 똑같은 행위를 반복하면서도 네 얼굴에는 그 어떤 주저함이나 두려움, 후회가 없구나. 그저 아빠에게 더 가까이 가고 싶다는 생각에만 집중하는 것 같아. 들뜬 마음으로 뻗은 네 작은 손을 보며 생각한다. 나도 너와 같을 때가 있었는데 언제 이렇게 쉽게 실망하고 포기하는 사람이 되었을까 하고 말이다.

아마 여덟 살 무렵이었을 거다. 꼬박꼬박 책상 위로 배달되지만 꼬박꼬박 푼 적은 별로 없어 쌓여만 가던 《아이템플》과 《공문수학》 학습지 앞에서 처음으로 패배를 인정했던 게. 나는 끈기가 없다. 도저히 매일 이 학습지를 풀어낼 수가 없다. 엄마, 미안해요. 하지만 나는 여기까지인가 봐요.

친구 중 하나는 놀이터 모래를 파서 《공문수학》을 묻어버렸다. 나는 그럴 배포까지는 없어서 스테이플러 심을 조심조심 펼쳐 몇 장을 빼내 분량을 줄인 다음 스테이플러 심을 다시 여몄다. 그렇게 빼낸 학습지 낱장은 교과서 사이사이에 숨겨놓았다. 방문을 닫고 이 은밀한 작업을 할 때마다 심장은 콩닥콩닥 뛰었고, 떳떳하지 못한 짓을 하고 있다는 죄책감에 마음이 무거워졌다.

초등학생 때부터 고등학생 때까지 문제집이라는 녀석의 끝을 본 적이 없다. 삼분의 일쯤 진도가 나가면 지루함에 몸부림치다 슬그머니 새 문제집 첫 장을 폈다. 학습지든 참고서든 어쨌든 어떤 책의 첫 장을 펼치는 기분은 꽤 근사하니까. '이번만큼은 정말 끝까지 열심히 해보겠어!'란 다짐만 숱하게 하고선 결국 끝을 보지 못한 학창 시절의 많은 날이 성인이 되어서까지 일종의 학습된 무기력과 고정관념으로 마음에 남아 있었다.

통 크게 3개월 치 헬스 등록을 해놓고 딱 두 번 갔다. 솔직히 말하자면 요가, 수영, 발레도 그랬다. 나의 이 끈기 없음이 어찌나 씁쓸했던지 사물함에 넣어놓은 운동화와 샤워 도구를 되찾아갈 의지마저 몽땅 사라지는 무기력 상태에 빠졌다. 결국 내 물건들은 수강 기간이 끝나면서 작별 인사도 나누지 못한 채 헬스장, 요가 스튜디오 총무에 의해 쓰레기통에 버려졌다.

이런 증상이 나타날 때도 있었다. 메모장, 공책, 다이어리만 보면 '사고 싶다! 갖고 싶다!' 외쳐대는 '하이드'와 '집에 사놓은 것부터 다 쓰고 사!' 말리는 '지킬'로 마음이 분열된다. 좋은 생각이 저절로 솟아날 것만 같은 탐스러운 공책 앞에선 대개 하이드가 승리한다. 그러나 그 공책을 사서 집에 돌아온 뒤엔 단연 지킬의 목소리가 커진다.

"괜히 앞에 몇 장만 끼적이다 그만둘 거면 쓰지를 마. 넌 끝을 보는 법이 없잖아!"


영어 공부를 위한 도전과 포기의 역사를 말하자면 입이 아플 지경이다. 그 와중에 방정맞은 호기심을 쫓아 민화, 서예, 인문학 강좌도 들었다. 엉덩이를 들썩이게 만들었던 설렘은 한 학기가 지나면 김빠진 콜라처럼 밍밍해졌다. 미지의 세계를 조금 맛보고 나면 '음, 이런 거였군' 하는 생각이 들면서 슬슬 다른 세상이 궁금했다. 이런 나를 보며 '대체 왜 이렇게 생겨먹었지' 한탄도 자주 했다.

하지만 부정할 수 없는 사실 하나. 이런 잡스러운 호기심 덕분에 잡지

에디터로 오랜 시간 일할 수 있었다. 몰두할 기사 주제가 매달 바뀌고, 만나서 취재할 사람도 매번 달라지는 잡지판에서 싫증을 느낄 새 없이 13년 간 어쨌든 계속 궁리하고 읽고 듣고 생각하고 쓸 수 있었다.

읽고 듣고 쓰기. 유일하게 내팽개치지 않은 행위. 만화책, 음악, 영화, 신문, 잡지, 서양화, 어린이 그림책 등 시시때때로 그 대상을 바꿔 치웠지만 나는 읽고 듣고 쓰기를 단 한 번도 멈추지 않았다.


돌이켜보면 초등학교 때, 어른들이 읽는 신문에 나오는 어려운 단어를 배우는 게 너무 재미있어서 국어사전을 옆에 끼고 우아우아 감탄하며 단어장에 뜻을 옮겨 적었다. 열여덟 살부터는 일기장을 따로 만들어 마음이 어수선할 때마다 글을 썼다. 고등학교 시절 내내 아무도 시키지 않았는데 영화 리뷰를 쓰곤 했다. 감독, 배우 이름을 적고 줄거리를 요약하고 마지막에 별점과 총평도 달았다. 서랍에 넣어둔 일기장과 영화 리뷰장을 꺼내 손으로 표지를 쓰다듬는 게 좋았다. 기특해라. 이렇게 뭔가를 썼다니. 누군가 내 머리를 쓱쓱 쓰다듬어주는 것처럼 느껴졌다.

대학교 때는 내가 서평과 리포트를 쓰면서 밤을 샐 수 있는 사람이라는 걸 깨달았다. 사회에 나와서는 월급쟁이 에디터로 천 꼭지가 넘는 분량의 기사를 썼다. 자유롭게 살아보겠다고 퇴사를 했다. 얼마 지나지 않아 블로그를 만들고 또 무언가를 써내려갔다. 블로그 프로필에 이렇게 적었다.


모르는 게 많아 질문이 많은 자발적 마감 노동자.

"아이고, 제가 끈기가 없어서요"라고 입버릇처럼 말하고, '어차피 하다 말 거면 아예 하지를 말자'는 패배감 어린 생각을 한 적도 있다. 하지만 그건 앞서 말한 대로 학습된 무기력과 스스로에 대한 고정관념이었다. 나는 어떤 일에 있어선 끈기가 몹시 부족했지만 또 다른 어떠한 일에는 나름의 끈기를 발휘했다. 지난한 시도들과 끝내 포기했던 경험들을 통해 배운 건 이것이다. 왜 그 일을 계속하고 싶은지 스스로 명확하게 답할 수 없는 일은 지속하기 어렵다는 것. 막연하게 '좋아보여서' 혹은 '왠지 그래야 할 것 같아서' 시도한 일은 대개 작심삼일로 끝난다는 것.

안타깝지만 왜 그 일을 계속 해나가고 싶은지 정확히 대답할 수 있다고 해서 저절로 계속하는 힘이 생기는 건 아니다. 심장은 저기를 가리키지만 여기까지만 하고 포기하고 싶을 때가 분명 있다. 글을 쓸 때 가장 순도 높은 집중력을 발휘할 수 있고 행복하기에 지금껏 그 일을 해왔지만 당장 어디로 숨어버리고 싶을 때, 한 줄도 못 쓰겠다 싶은 생각이 드는 날이 있다. 《공문수학》의 스테이플러 심을 조심조심 펼치던 그 어린 날처럼 '나는 여기까지인가 봐' 하고 마음이 뒤돌아서려는 순간, 바로 열등감이다. 잘 써진 누군가의 글을 읽을 때 종종 그렇게 내 몸은 굳는다.


한 번도 글쓰기에 대해 '내가 좀 알지' 라든가 '이럴 땐 이게 답이야' 라든가 '이게 좋은 문장이고 저건 나쁜 문장이야' 같은 확신을 가져본 적이 없다. 내가 아는 것이라곤 세상에는 나보다 글을 잘 쓰는 사람이 자다가 '이불 하이킥'을 할 정도로 많다는 사실뿐이다.

이건 학교에서 제일 인기 많은 '글쓰기'라는 남자애를 짝사랑하는데,

학교에는 나보다 예쁘고 매력적인 애들이 넘쳐나고, 다른 애들과 차별되는 나만의 매력 포인트가 뭔지 파악조차 되지 않는 상황과 같은 거다. 당최 자존감이 생길 수가 없고, 좌절의 순간이 자주 온다.

그날도 그런 좌절감에 허덕이던 날이었다. 우연히 빈센트 반 고흐가 그린 걸음마 하는 아기 그림을 보고 마음에 볕이 들 듯 해사해졌던 날. 고흐가 평생 존경했던 선배 화가 장 – 프랑수아 밀레Jean-François Millet의 그림을 보고 오마주의 뜻을 담아낸 작품이라고 했다. 직관적으로 알 수 있었다. 이 그림 안에 뭔가가 있다고. 밀레의 원작을 찾아보았다. 아예 걸음마 하는 아기를 그린 명화를 모두 찾아보기로 마음먹었다.

보들보들 여물지 않은 팔과 다리로 뒤뚱거리며 한 발씩 내딛는 아이들의 모습엔 한 가지 공통점이 있었다. 처음 발을 떼고 스스로 서너 걸음을 걷는 순간, 그 어떤 아기도 땅바닥을 보지 않는다는 것. 자신이 다가가려고 하는 목적지에만 시선을 고정한다. 아기들의 용감한 도전을 보면서 내 오래된 몸의 기억이 되살아났다. 엉덩방아에 대한 걱정 때문에 땅바닥을 쳐다볼수록 오히려 균형을 잃고 넘어진다는 경험의 가르침.

수천 번 실패하고 그만큼 다시 해보기로 다짐해야만 한 사람이 걷는 법을 깨우친다. 우리 모두 한때는 그 정도로 집요하게 다시 시도하고 꿋꿋하게 일어나는 존재들이었다. 그러므로 다짐했던 일이 작심삼일이 되었다고 해서 낙담할 필요가 없다. 작심삼일도 100번 하면 1년이다. 그러니 포기했던 일 앞에서 "휴, 나는 정말 끈기가 없나 봐. 내가 그렇지 뭐" 자책하는 대신 "그럴 수도 있지. 다시 하는 수밖에"라고 말하면 되는 것이다. 실패의 가능성이나 타인의 시선을 너무 염두하지 말고, 내 심장을 뛰게 했던 목적지를 바라보면서. 가족의 품이라는 목적지에 다다르고자 온 힘을 다해 걷는 아기처럼 두려움보다는 호기심이 조금 더 커진 마음 상태로, 그렇게 한 발 더.

요령도 생겼다. 학교에서 제일 인기 많은 '글쓰기'라는 남자애에 대한 짝사랑이 나를 너무 지치게 할 땐, 이 나쁜 X을 사랑하게 된 다른 짝사랑 피해자들이 고통을 호소한 글을 찾아 읽는다. 이 X에게 당한 사람이 한둘이 아니다. '그놈이 나한테만 쌀쌀맞은 게 아니구나'를 확인받는 순간 바보처럼 세상이 조금은 더 살 만하게 느껴지고, 다시 힘을 내 그 X를 사랑하게 된다.

○
**빈센트 반 고흐** Vincent van Gogh, 1853~1890
생전에는 고작 한 점의 작품만 팔았을 만큼 오해와 저평가에 시달리다 사후에 비로소 신화가 된 인상파 화가.

○
**프란츠 루드비히 카텔** Franz Ludwig Catel, 1778~1856
베를린에서 태어났지만 생애 대부분을 로마에서 보낸 화가. 구조적인 건축물이 있는 풍경화를 즐겨 그렸다.

○
**피에르 오귀스트 르누아르** Pierre Auguste Renoir, 1841~1919
인상파 운동을 이끈 색채의 대가. 이탈리아 여행 중 본 라파엘로 작품의 영향으로 후기엔 고전적인 화풍을 선보였다.

○
**마르게리트 제라르** Marguerite Gerard, 1761~1837
프랑스 여성 화가. 대표적인 로코코 화가인 장-오노레 프라고나르 Jean-Honore Fragonard의 가족으로 그에게서 그림을 배웠다.

<table>
<tr><td>*</td><td>**</td></tr>
</table>

* First Steps, Franz Ludwig Catel, 1820~1825, 37.4×47.6cm, Metropolitan Museum of Art
** First Steps, Auguste Renoir, 1876, 80.5×111cm, Private Collection

* First Steps, Marguerite Gerard, 1788, 55×45.5cm, Yusupov Palace Museum, Leningrad

**그림1** 무도회가 [     ]

다음 그림들의 제목은 모두 같은 말로 끝납니다.
괄호 안에 어떤 말이 들어갈지
그림을 보면서 상상해보세요.

**그림2** 무도회가 [      ]

그림3 춤이 [      ]

*     After the Ball, Alfred Stevens, 1874, 68.9×95.9cm, Metropolitan Museum of Art
**   After the Ball, Edmund Tarbell, 1890, 82.5×71.1cm, Private Collection
*** After the Dance, John William Waterhouse, 1876, 127×76.2cm, Private Collection

* After the Ball, Ramon Casas i Carbo, 1899, 56×46.5cm, Museum of Montserrat, Barcelona

# Q:
## 요즘 왜 이렇게
## 권태로울까요?

### A : 까만 드레스 아가씨에게

아무렇게나 소파에 몸을 던져 불편하게 꺾인 허리, 초점을 한껏 풀어서 어디를 바라보고 있는 건지 알 수 없는 시선까지, 당신이 지금 어떤 기분인지 알 것 같습니다. 책을 손에 들고 있지만 글이 눈에 들어오지는 않네요. 재미있는 일이라고는 하나도 없어서 작은 짜증이 일고 동시에 알 수 없는 슬픔도 고이는, '권태'라는 감정을 느끼고 있지 않나요?

의아합니다. 이 그림의 제목은 '무도회가 끝나고'입니다. 요즘 말로 표현하면 불금을 화려하게 보내고 온 셈인데, 당신 얼굴에선 재충전된 행복감이 보이지 않아요. 그건 다른 명화에서도 마찬가지였습니다. '무도회가 끝나고', '춤이 끝나고'라는 제목을 달고 있는 명화 속 인물들의 표정은 하나같이 무기력했어요.

궁금합니다. 무도회는 재미있고 신나고 화려하고 설레는 순간을 상징하는데, 왜 즐기고 돌아와서는 저렇게 깊은 권태에 빠져 버린 걸까요?

어릴 때, 이상야릇한 버릇이 하나 있었다. 이 버릇 때문에 엄마와 실랑이도 자주 벌였다. 밥을 먹다가 밥공기에 세 숟가락쯤 남으면 갑자기 식욕이 뚝 떨어지는 증상. 엄마가 다음번에 세 숟가락만큼 양을 줄여도 결과는 똑같았다. 잘 먹다가 마지막 한 덩이가 남으면 숟가락을 놓고 싶었다. 엄마는 땀 흘려 농사일을 하신 농부 아저씨부터 밖에서 생활비를 버느라 고생하는 아빠까지 총동원해서 내 행동이 옳으니 그르니 일장 연설을 늘어놓으셨지만 이상하게도 식사가 중반 이후로 넘어가면 누군가 식도를 꽁꽁 싸매놓은 것처럼 끝까지 밥을 먹기 어려웠다. 한 덩이의 남은 밥을 보면 곤혹스러웠다. 지루하고 도망가고 싶고.

밥과 관련된 버릇은 유년기가 끝나면서 사라졌지만 청소년기에 조금 다른 형태로 바뀌어 한참 동안 그 영향력을 뽐냈다. 책을 읽다가 마지막 10퍼센트 정도 분량이 남으면 딱 내려놓고 새 책을 펼치고 싶은 욕구에 시달린 것이다. 결말에 이르기 위해 굽이굽이 이야기를 펼치는, 그러니까 읽는 행위의 목적이 후반부에 있는 소설을 읽을 때도 그랬다. 클라이맥스가 지나고 이야기가 마무리에 접어들었다고 느껴지면 금세 지루해졌다. 결말이 어떤 식으로 지어질지 궁금하지도 않았고 남은 이야기에 시큰둥해졌다.

내가 이야기의 어느 지점에 와 있는지 의식할 틈 없이 완전히 몰입하게 만드는 책을 만나면 정말 행복했다. 그런 책들은 수십 번 반복해 읽기도 했다. 내가 '책을 읽는 나'를 의식하지 못할 땐 지루함이 훼방을 놓지 않았다. 많은 책을 읽다 말았지만 책 읽기 자체는 계속해야만 했다. 언제 또 그 순도 높은 몰입감을 선물하는 책을 만날지 모르는 일이므로.

어린 시절 밥상에서, 조금 커서는 책상에서 느꼈던 그 지루함은 따분함과는 다른 성격의 감정이었다. 따분함은 흥미로운 사건이나 놀 거리가 없을 때 느끼는 감정이지만 지루함은 같은 상태가 오래 지속될 때 느끼는 싫증에 가깝다. 그러니까 '내가 다른 상태일 수도 있다'는 가능성을 알게 되고 나서 바꾸고 싶다는 욕망이 생긴 상태라는 뜻이다.

이를테면 이런 거다. 만난 지 6년 된 연인과 덤덤하게 외식을 하는데 옆 테이블에 이제 갓 100일쯤 된 것 같은 커플이 앉아 깨를 쏟아낸다. '우리도 저런 때가 있었는데, 왜 지금은 그렇지 못할까?' 하는 의문이 드는 순간부터 덤덤하지만 편안했던 우리의 관계가 초라하게 느껴진다. 첫 마음과 설렘을 모두 잃어버린 미적지근한 관계로 느껴지는 것이다. 생각이 여기에까지 미치면 불현듯 짜증이 나면서 식사 시간이 축 늘어진 엿가락처럼 권태롭게 느껴진다.

첫 마음의 감격은 시간과 함께 사라진다. 눈에서 불꽃이 튀던 뜨거운 연애는 시간이 지나면 지리멸렬한 아침 드라마처럼 바뀌기 일쑤고, 기적처럼 얻게 된 감사한 일자리가 그저 밥벌이의 공간으로 무덤덤해지는 데도 그리 오랜 시간이 필요치 않다.

나는 아주 오랫동안 "어떻게 맨날 재미있게 사냐? 사는 게 다 그렇지" 라고 말하는 사람을 만나면 그를 측은하게 생각했다. 아마 꿈도 잃고 기쁨도 없고 생의 알맹이 없이 상투성만 남은 삶을 사는 모양이라며 속으로 혀를 찼다. 손에 닿지 않는 높이에 있는 포도를 보면서 "어차피 저 포도는 셔서 못 먹을 거야"라고 말했던 여우처럼 노력해보지도 않고 안 된다고 말하는 패배의식의 증거는 아니냐고 반문하기도 했다.

신혼 초, 결혼 생활을 어떻게 연애하듯 하느냐고 선을 긋는 남편에게 째진 눈을 하며 그렇지 않다고, 나는 평생 설렘을 느끼며 살고 싶다고 땍땍거리기도 했다.

무슨 일을 하든 첫 마음을 잃고 싶지 않았다. 여행을 떠나면 내 첫 유럽 여행지였던 파리에서 스물넷에 느꼈던 흥분과 호기심이 그대로 되살아나길 바랐다. 마음을 활짝 열고 모든 감각의 촉수를 자유롭게 뻗쳤던 그때처럼 여행하길 바랐다. 이제 내 나이가 서른다섯이고, 파리를 열 번쯤 가본 사실과 상관없이 내 시선만큼은 생생하기를.

이렇게 새록새록 솟아나는 새 마음으로 살고자 하는 의지가 충만했지만 현실의 나는 시큰둥함과 슬픔이 뒤섞인 감정에 자주 빠졌다. 그때마다 매서운 회초리 같은 이 문장이 귓가에 맴돌았다.

"초심을 잃지 말라."

그런데 이 충고에는 한 가지 함정이 있었다. 초심만 좋은 것이고, 초심

* Five Hours at Paquin's, Henri Gervex, 1906, 172.5×113cm, Private Collection

* Return from the Ball, Henri Gervex, 1879, 201×151cm, National Gallery of Canada

에서 발전해 모양과 형태와 결이 달라진 마음을 그저 그런 걸로 오해하게 만든다는 것. 열정과 뜨거운 감정의 응어리로 꽉 찼던 첫 마음이 숙련, 편안함, 안정감 등으로 색깔을 바꿔갈 때, 그 변화에서 가치를 발견하지 못하고 처음의 감격만을 그리워하게 만든다는 것. 그렇게 필연적으로 권태에 빠지게 한다는 것.

무도회를 마치고 돌아온 여성들이 보여줬던 권태의 이유도 이렇게 이해할 수 있다. 몸문화연구소에서 쓴 《권태》 속 한 구절을 보자.

> "우리는 그냥 일상이 아니라 흥미진진하고 자극적이며 다이내믹한 일상이 되어야 한다고 무심결에 가정하고 있다. 그리고 자신의 삶이 그와 같이 다이내믹하게 전개되지 않으면 뭔가 잘못되었다거나 손해 보는 삶을 산다는 억울한 감정에 사로잡히게 된다. 그만큼 쉽게 권태에 노출되는 것이다."
>
> ─ 몸문화연구소, 《권태》, 자음과모음, 2013

일상도 무도회처럼 흥미진진하고 자극적이며 다이내믹해야 한다고 믿고 기대하는 마음이 권태감을 동반한다는 말이다.

산업이 발전해 문명이 풍요로워지기 전에는 사람들이 일상에서 기쁨과 쾌락을 기대하지 않았다. 그땐 수명도 짧았고 노동시간도 현대인과 비교해 말할 수 없이 길었기 때문에 다이내믹한 삶에 대한 기대감 자체가 적었다. 건강이나 부, 행복 역시 개인이 노력해서 성취하는 게 아니었다. 그런 건 신의 뜻이고 선물이었다.

하지만 현대에 와선 모든 것이 개인 능력 탓이 되어버렸다. 행복이나 외모, 건강, 일상을 누리는 것 모두가 '당신하기 나름'이라고 주입하는 사회 안에서 단조로운 삶은 곧 손해나 실패를 의미하는 것처럼 여겨진다. 반면 게임, TV, SNS 등 즉각적인 자극과 재미는 어디에나 널려 있어 언제든 그리로 빠져들 수 있다. 일상이 더 재미있고 화려하기를, SNS에 올릴 수 있는 특별한 순간이 많아지기를, 흡사 무도회처럼 계속 다이내믹하기를 바라게 되고, 이 마음이 채워지지 못할 때 쉽게 권태라는 감정에 빠지게 되는 것이다.

유구한 변덕 끝에 난 이 자리에 도착했다. 이제는 단조로움이 인생의 본질이라는 생각을 받아들인다. 몸에 병이 없기를 바라지만 동시에 '누구나 언제나 아플 수 있는데 왜 나라고 예외여야 해?' 하고 반문한다. 이제는 매일매일 흥미진진하게 살고 싶다고 입버릇처럼 말하지 않는다. '어떤 날은 좋았다가 어떤 날은 나쁘기도 하겠지' 하며 고개를 끄덕인다. 결혼 4년 차의 일상은 오르락내리락하는 드라마 없이 덤덤히 흘러가는 게 당연하다고 생각하려고 노력한다. (이 부분은 아직 기대감을 덜 내려놓은 것 같다.)

나이 먹는 게 좋다고 느낄 때가 그리 많지 않았는데, 요즘은 다르다. 초심의 함정, 첫 마음의 망상에서 벗어나니 홀가분하고 자유롭다. 화려한 이벤트나 감각적인 자극이 없어도 즐겁고 행복할 수 있음을 안다.

지금 내가 속한 순간을 자꾸만 다른 어떤 것과 비교하며 깎아내리면 계속하는 힘을 내기가 어려워지게 마련이다. 사랑이든 일이든 마찬가지

다. 끈기의 최대 적은 권태다. 권태를 만드는 건 과도한 기대다. 매 순간이
무도회이길 바라는 건 과도한 기대다.

○
**라몬 카사스 이 카르보**Ramon Casas i Carbo, 1866~1932
유럽 각국 지식인들과 어울리며 초상화를 그렸던 스페인 화가. 고향 바르셀
로나가 속한 카탈루냐 지방의 생활상을 담은 그래픽 작품으로도 유명하다.

○
**앙리 제르벡스**Henri Gervex, 1852~1929
활동 초기에는 신화를 차용한 누드를 주로 그렸고, 후기에는 파리 시청 등
중요 공공 기관에 거는 장식화에서 군중의 일상을 표현했다.

○
**가리 멜체르스**Gari Melchers, 1860~1932
존 싱어 사전트John Singer Sargent와 함께 파리 국제미술전에서 대상을 수상한
최초의 미국 화가. 목가적인 교외의 풍경을 사실적으로 묘사했다.

○
**조세프-마리위스 아비**Joseph-Marius Avy, 1871~1939
풍경화, 공공 기관 벽화, 파스텔화, 일러스트 등 다양한 분야에서 활동한 프
랑스 화가. 다이내믹한 구도와 강한 색의 대비에 강했다.

* After the Ball, Gari Melchers, 1884, 20.3×29.2cm, Private Collection
** White Ball, Joseph-Marius Avy, 1903, 219×139cm, Petit Palais, Paris

<u>어느 날, 회사 동료 혹은 친구가 당신 앞에서</u>
<u>이런 하소연을 합니다.</u>

"요즘 쉴 틈이 없어. 너무 바빠.
나한테만 일이 또 떨어졌어.
이달 말까지 끝내야 할 프로젝트도 있는데 말이야.
정말 피곤해죽겠다."

"과제 다 했어?
난 어제까지 발표 준비하느라 손도 못 댔어.
오늘은 동아리 모임도 가야 하는데.
왜 이렇게 바쁘냐."

이런 이야기를 들으면 어떤 생각이 드나요?

1 ) 와, 다들 바쁘게 사는구나. 나만 바보같이 허송세월하고 있나?

2 ) 아휴, 진짜 피곤하겠다. 나라도 위로해줘야지.

3 ) 어차피 다 자기가 선택한 일이면서 왜 유난이야.


동료나 친구의 푸념 이면에 숨은 진짜 이야기는 무엇일까요?

1 ) 난 시간을 무척 알차게 쓰고 있어. 이렇게 중요한 일도 하고 있다고. 난 이런 사람이야.

2 ) 요즘 삶의 기쁨이 없어. 나를 좀 도와줄래?

3 ) 이렇게 사는 건 내가 바란 삶이 아냐. 도대체 왜 이렇게 된 걸까.

* Workers on their Way Home, Edvard Munch, 1913~1914, 227×201cm, Munch Museum

# Q :
## 바쁜 일상이
## 자랑스러운가요?

### A : 퀭한 얼굴로 퇴근 중인 아저씨께

퇴근길, 모두들 어디론가 질질 끌려가는 것처럼 넋이 나간 모습입니다. 얼굴은 창백하고 눈언저리는 까맣게 푹 꺼져 있네요. 아예 눈, 코, 입조차 없는 노동자도 많아서 흡사 바이러스에 감염된 좀비 떼처럼 보이기도 합니다.

일에 완전히 절어서 영혼이 소멸되어버린 듯한 이런 표정은 제게도 익숙합니다. 그저 견디는 것 말고는 할 게 없는 '지옥철'에 몸을 실을 때, 납득할 수 없는 상사의 변덕으로 야근을 밥 먹듯 해야 할 때, 보고를 위한 보고서를 써야 할 때, 명확한 목표도 없이 '어쨌든 까라면 까는' 일을 해야 할 때, 우리가 자주 짓게 되는 표정이기도 하니까요.

동기부여가 되지 않는 일에 치어 좀비가 되어갈 때, "아, 정말 아무것도 하지 않고 쉬었으면, 한가했으면 좋겠어"라고 주변에 바쁜 상황을 하소연하게 됩니다. 그런데 바빠 죽겠다는 푸념이 좀 이상합니다. 혹시 그 안에 진짜 하고 싶은 다른 이야기가 숨어 있는 것은 아닐까요?

월급쟁이 잡지 에디터 시절, 나는 바쁘다는 말을 입에 달고 살았다. 흔히 말하는 분 단위, 초 단위로 산다는 게 어떤 삶을 의미하는지 절절하게 체감하던 시기였다. 그때는 늘 택시를 타고 다녔는데 택시 기사님이 교차로 노란 신호등에서 자진해서 멈출 때, 조금씩 빠지기 시작하는 옆 차선을 놔두고 꽉 밀려 있는 이쪽 차선에서 우직하게 기다릴 때, 깜빡이등을 켜고 우리 앞으로 들어오려는 옆 차에게 양보해줄 때, 울컥, 단전 아래에서는 불덩이가 솟아올랐다. '아, 바빠 죽겠는데.' 낮게 읊조리며 휴대전화 시계 한 번 보고, 도로 상황 한 번 보고, 또 시계 보고, 도로 보고…….

어차피 직접 운전하는 게 아니니 택시를 타고 있는 그 시간만큼은 느긋하게 있어도 좋으련만 망망대해에서 파도를 타는 사람처럼 도로 상황에 따라 감정이 오르락내리락했다. 일을 잘해내는 것에만 온 신경이 쏠려 있어 마음의 여유가 없었다. 그 시절, 나는 입버릇처럼 말했다.

"아, 내 시간이 좀 있었으면. 바쁘지 않고 여유롭게 사는 사람들은 얼마나 좋을까."

그런데 취재를 하다가 자기만의 속도로 사는 사람들을 만나면 이상한

양가감정이 들었다. 밤에는 학원 강사 아르바이트를 하고, 낮에는 극본을 쓰면서 몇 년째 드라마 작가 공모전에 도전하고 있는 사람을 만난 적이 있었다. 그 도전하는 자세가 참 멋지다 생각하면서 동시에 '될 거였으면 진작 됐겠지. 너무 현실을 모르는 거 아닐까' 비관적인 의심도 들었다.

승진 전쟁 대신 귀농을 선택한 젊은 농부를 만나기도 했다. 자족하는 삶이 부러우면서도 동시에 '승진할 자신이 없어서 타협하듯 택한 회유책은 아닐까' 하는 의혹이 의뭉스럽게 피어올랐다.

정규직 구하기를 포기하고 아르바이트로 생계를 유지하며 여가를 즐기는 생활 방식을 선택한 프리터족을 인터뷰할 땐, 자기 시간을 어디에 쓸지 스스로 결정하는 자유를 누려 좋겠다고 머리로는 생각하면서 동시에 한심하다는 느낌이 마음 한편에서 작게 꿈틀거렸다.

그들이 살아가는 방식이 나에게 피해를 준 것도 아니고 사회에 혼란을 불러일으키는 것도 아닌데, 그저 보통 사람들이 하나같이 얽매어 있는 경쟁 구도에서 빠져나왔다는 사실, 일을 덜 하기로 선택했다는 사실만으로 그들을 은근히 비하하는 태도가 나에게도 뿌리내려 있었던 것이다.

그 사고방식을 거꾸로 뒤집어보면 일은 많이 할수록 좋다는 신념이 된다. 부끄럽지만 고백한다. 그 시절 나는 일을 많이 해내는 데 자부심을 느꼈다. 다른 직원보다 업무량이 많은 것, 업무 시간이 긴 것, 남들이라면 손을 내저으며 이 시간 내에 도저히 할 수 없다고 난색을 표할 일을 맡아서 초인적으로 처리해낼 때 자부심을 느꼈다. 회사에서 좋은 평가를 받고, 능력 있는 인재라는 소리를 듣는 것이 좋았다. 시간을 쥐어짜듯 살면서도 커리어우먼의 삶은 다 그러겠거니 했다.

노동에 대한 찬미 신화를 깨준 존재, 내 '열심병'의 실체를 눈앞에 내밀어준 존재가 있다. 바로 조지 오웰George Orwell의 책 《파리와 런던의 따라지 인생》이다. 이 책을 읽게 되어 얼마나 다행인지 요즘도 종종 가슴을 쓸어내릴 때가 있다.

《동물농장》, 《1984》로 잘 알려진 소설가 조지 오웰은 영국의 번듯한 관료 집안에서 태어났다. 영국의 식민지였던 미얀마에서 경찰관으로 사회생활을 시작했는데, 제국주의 세계관의 실체를 목격하며 깊은 자기혐오에 빠졌다. 결국 사표를 내고 프랑스 파리로 이사해 프리랜서 작가로서의 삶을 시작했다. 하지만 현실은 녹록치 않아 글을 쓰는 시간보다 생계를 위해 접시닦이로 일한 시간이 더 많았다. 그는 하루에 13~15시간씩 접시를 닦았다.

《파리와 런던의 따라지 인생》은 조지 오웰이 발표한 첫 번째 소설이자 그가 접시닦이로 일하던 시기에 빈민가에서 밑바닥 생활을 하면서 직접 보고 겪은 일들을 생생히 묘사한 책이다. 장르는 소설로 분류되지만 집요한 탐사보도라 할 수 있다. 걸핏하면 사흘씩 밥을 굶고, 부랑자구호소를 떠돌며, 일거리가 없으면 전당포에 옷을 팔아가며 끼니를 이어갔던 자신의 생활과 그 안에서 길어올린 깨달음을 덤덤하게 서술한다.

책에는 그가 호텔에서 일하며 관찰한 세 직종, 요리사, 웨이터, 잡역부의 습성과 일하는 태도를 분류하고 비교한 구절이 등장한다. 1930년대의 호텔이라는 한정된 시공간을 배경으로 한 서술이지만 2016년의 근로자들도 자신은 어느 부류에 속하는지 견주어볼 수 있는 흥미로운 유형화다.

요리사는 자신이 음식을 조금이라도 늦게 내놓으면 레스토랑 전체가 곤경에 빠진다는 걸 안다. 자신이 호텔 레스토랑의 흥망을 쥐고 있다는 자긍심을 가지고 일하는 장인이다. 전문 기술과 일의 주도권을 가졌기 때문에 스스로를 노예라고 생각하지 않는다. 웨이터는 고객에게 알랑거리는 기술로 먹고살지만 수입 면에서는 요리사보다 낫다. 엄연히 말하면 그들이 하는 일은 시중을 드는 것이지만 늘 부자 곁에 머물기 때문에 스스로를 부자들과 동일시한다. 언젠가 자신도 부자가 될 수 있을 거란 희망을 품고 당장의 비굴함을 참고 삼킨다. 마지막은 접시닦이나 심부름꾼 같은 잡역부의 근성이다. 이 부분을 읽으면서 나도 모르게 볼이 화끈거렸다.

> "이는 악착같이 일하는 자의 자부심, 즉 일을 해내는 양에 있어 타의
> 추종을 불허하는 데서 오는 자부심이다. 그런 수준에서는 소처럼 일
> 하는 힘만이 유일무이한 덕성이다. 접시닦이라면 누구나 해결사라는
> 호칭으로 불리기를 바랐다. (……) 식료품 저장실 책임자인 마리오는
> 전형적인 잡역부 정신의 소유자였다. 그에게는 일을 해내겠다는 일
> 념뿐이어서 아무리 많은 일을 맡겨도 마다하지 않았다."
> ＿조지 오웰, 《동물농장·파리와 런던의 따라지 인생》, 문학동네, 2010

이건 그냥 내 이야기였다. 내 이야기 같은 구절이 책 안에 차고 넘쳤다. '돈을 필요로 하는 것 이상으로 일을 필요로 하는 사람은 대개 일하는 습관이 뼛속까지 배어 있는 무식한 사람'이라는 구절이나 '패디 같은 사람은 시간을 때울 방법이 없기 때문에 할 일이 없으면 쇠사슬에 묶인 개처럼 비참해진다'라는 구절을 읽을 때, 나는 뜨끔했다. 스스로에게 질문할

수밖에 없었다. 생존에 필요한 돈 이상의 돈을 벌고 있는데도 나는 왜 무작정 바쁘게 살고 있는 거지? 일이 없으면 쇠사슬에 묶인 개처럼 비참해진다는 말이 무슨 뜻인지 왜 이렇게 잘 이해되는 거지?

인정해야만 했다. 나는 푸념을 가장해 바쁨을 자랑하고 있었다. 나를 바쁘게 만든 일들이 스스로에게 어떤 가치와 의미가 있는지, 그 일이 나를 얼마나 행복하게 하는지 따져보지 않고 일단은 손이 비어 있는 것보다는 바쁜 게 낫다고 생각했다. 바쁘면 어쨌든 쓸모 있는 사람처럼 보일 수 있으니까. 남보다 바쁘다는 사실에서 희열을 느끼던 나는 조지 오웰이 말한 잡역부 정신의 소유자였다.

내가 유별난 건 아니었다. 주변 사람들 모두가 바쁘다고 아우성이었다. 나를 비롯한 모두가 놓치고 있던 모순은 이거였다. 푸념을 하는 사람 대부분이 실제로 일이 없으면 불안해서 뭐든 닥치는 대로 하려고 든다는 사실.

한가해지면 좋겠다고 입버릇처럼 투덜대면서도 주변 동료가 새로운 여가 활동을 시작했다고 말하면 "요즘 한가한가 봐?" 은근히 비아냥대고, 삶의 방향성을 점검하기 위해 자발적 무직 상태를 선택한 사람에게 "그래서 요즘은 뭐 하나?" 가시 박힌 질문을 던지는 사람이 정말이지 너무 많았다. 누군가 "요즘 한가해?"라고 물을 때, 활짝 웃으면서 "네, 자유 시간이 많아서 정말 행복해요"라고 말하는 사람은 단 한 명도 보지 못했다. 오히려 어떻게든 자신이 얼마나 많은 일과 고민을 떠안고 사는지 설명하려고 안달을 했다.

시간을 헛되게 쓰지 않는 부지런한 사람이라는 인상을 심어주기 위해, 일터와 가정에 많은 도움이 되는 중요한 인물이라는 우월감을 느끼고 싶어서, 다시 말해 자신의 효용 가치를 주장하고 싶어서 우리는 바쁨을 신봉한다.

사람이라면 누구나 자신이 가치 있는 존재로 인정받길 바란다. 그 욕구는 인간이라면 당연히 갖게 되는 기본 속성으로 지극히 자연스러운 감정이다. 하지만 자기 효용감을 '오직 일을 통해서만' 채우려고 하는 태도는 당연한 본성이 아니다. 그런 태도는 근대 자본주의 이후에 퍼지기 시작한 사회병리적 현상이다. 워킹맘으로 살면서 누구보다 시간에 쫓겼던 저널리스트 브리짓 슐트Brigid Schulte가 쓴 책 《타임 푸어》에 따르면 중세에는 오히려 바쁜 것을 죄악으로 여겼다고 한다.

"중세에는 게으름의 죄악을 두 가지로 나눴어요. 첫 번째는 불능 paralysis, 즉 아무 일도 할 수 없는 상태입니다. 두 번째 죄악은 라틴어로 아케디아acedia라고 하는 '나태'입니다. 괜히 분주하게 돌아다니는 거죠. 실제로는 아무것도 이뤄내지 못하면서 신께는 '내가 시간을 아주 잘 쓰고 있습니다'라고 속인다는 뜻입니다."

_브리짓 슐트, 《타임 푸어》, 더퀘스트, 2015

한때는 부끄럽게 여겼던 괜한 분주함을 우리는 이제 자랑하며 산다.

피폐해진 노동자의 영혼을 퇴근길 좀비 떼로 표현한 에드바르 뭉크는 잘 알려진 것처럼 현대인의 불안과 공포를 끊임없이 그려낸 화가다. 그의

* Workers Returning Home, Edvard Munch, 1920, 138.5×79.5cm, National Gallery, Oslo

대표작 〈절규〉뿐 아니라 그가 그린 작품 대부분에서는 불길한 위험이 느껴진다. 그림 속 인물은 군중 속에 있어도 혼자인 것처럼 흩어져 있다. 성별은 남자인지 여자인지, 시간은 낮인지 밤인지, 어디까지가 얼굴이고 어디서부터 몸인지, 정확하게 얻을 수 있는 정보는 거의 없다. 모호한 곡선들이 휘청거릴 뿐이다.

일을 마치고 집으로 향하는 그림 속 노동자들을 한 명 한 명 들여다본다. 아마 이들이 살았던 1920년대의 근로 조건은 지금보다 훨씬 열악했을 것이다. 하루에 12시간 넘게 온갖 공해 물질이 그득한 공장 안에 갇혀 죽기 살기로 일해야 겨우 푼돈을 쥘 수 있었을 테다. 일을 통한 자아실현은 고사하고, 그저 먹고살 수만 있으면 자신이 소진되든 말든 참고 일했을 것이다. 하루에 12시간 일하는 공장 대신 하루에 10시간만 일할 수 있는 일자리를 찾는 것 정도가 그들이 가질 수 있는 최대한의 희망이었을 것이다.

그런데 참 슬프다. 그들로부터 100년 뒤, 눈이 휘둥그레질 정도로 기술이 발전한 사회에서, 모두들 수준 높은 교육을 받고, 그때에 비하면 말할 수 없이 다양해진 직업적 가능성을 누리고 있는데도 자발적으로 잡역부 근성에 발목 잡힌 사람들이 이렇게나 많은 현실이. 왜 우리는 자기 효용감을 일이나 노동량이 아닌 다른 것들로 채우는 방법을 배우지 못한 걸까. 왜 남들이 시간을 쓰는 방식을 쉽게 평가하거나 비아냥대는 문화를 갖게 된 걸까.

한국 사회에서 나고 자라면서 깊이 내면화되어버린 자본주의 경쟁 논리를 단박에 바꾸기는 힘들겠지만 적어도 바쁘다는 푸념을 습관처럼 내

뱉지 않는 것에서부터 변화의 물꼬를 틀 수 있지 않을까. 한 발만 물러나 생각해보면 바쁘다는 푸념은 내 시간을 마음대로 통제하지 못한다는 부끄러운 고백이고, 그 안에 숨은 모래성처럼 허망한 우월감의 실체를 이제 알았으니 그것들과 서서히 이별할 수 있겠지.

○
**에드바르 뭉크** Edvard Munch, 1863~1944

20세기 최고의 표현주의 화가. 어머니와 누나의 죽음을 지켜본 불행한 유년기, 아버지에게서 물려받은 광기, 연인 툴라 라르센과의 폭력적인 이별, 질병에 대한 불안, 노년의 고독 등 지극히 사적인 삶 굽이굽이의 감정을 모두 창작의 소재로 사용했다. 뭉크의 그림은 그 자신의 역사다.

\*    Anxiety, Edvard Munch, 1894, 74×94cm, Munch Museum

\*\*   Despair, Edvard Munch, 1894, 72,5×92cm, Munch Museum

\*\*\* Scream, Edvard Munch, 1893, 73,5×91cm, National Gallery, Oslo

* Friedrich Nietzsche, Edvard Munch, 1906, 160×201cm, The Thiel Gallery, Stockholm
** Mason and Mechanic, Edvard Munch, 1907~1908, 69.5×90cm, Munch Museum

생 각
풀 기
11

알베르트 앙커Albert Anker는 19세기 스위스 농촌 풍경을
사실적으로 그린 화가입니다. 그가 그린 교실 풍경을 보면
제각기 다른 성격을 가진 아이들의 개성이 잘 느껴집니다.
그림 속 아이들 표정을 한 명 한 명 살펴보세요.


선생님에게 반항하는 아이
어떻게든 예쁨을 받으려고 애쓰는 아이
혼자 몽상에 빠진 아이
친구에게 시비를 걸고 싶어 안달이 난 아이……

어떤 아이에게 가장 감정이입이 많이 되나요?
당신의 어릴 적 모습과 비슷해 보이는
아이는 누구인가요?

* The Sunday School Walk, Albert Anker, 1872, 150×90cm, Private Collection

* Schoolgirl with Homework, Albert Anker, 1879, 50×65cm, Private Collection

# Q :
## 열심히 하는 게
## 부끄러워요?

**A : 숙제를 하고 있는 소녀에게**

남자든 여자든 자기 일에 깊이 집중하는 사람이 제일 멋있게 보였는데, 어린아이도 마찬가지라는 걸 네 덕분에 알게 됐어. 흑판을 꼭 쥔 손가락, 살짝 벌린 입술, 몽글몽글한 뺨, 고요한 눈매를 지닌 너를 바라보고 있으면 너에게서 뿜어져 나오는 몰입의 에너지가 가슴으로 스며들면서 찌릿찌릿 애정이 샘솟아. 그러다가 네 목에 걸린 목걸이를 보면 풋 웃음이 터지고. 조카가 학교 앞 완구 뽑기에서 뽑아온 플라스틱 목걸이가 생각나서 말이야. 진중해 보이는 너도 아이는 아이구나 싶어서.

네가 살았던 130년 전 스위스에서는 어땠을지 모르겠는데, 책과 공부에 푹 빠진 학생을 여기에서는 흔히 책벌레, 모범생이라고 불러. 예전에는 긍정적인 의미가 많았는데 요즘에는 '범생이'라는 야유가 점점 그 자리를 대치하고 있어. 학교에서 시키는 것만 열심히 하는 고지식한 애라는 비아냥. 오늘은 너와 그 비아냥이 품고 있는 심리에 대해 이야기 나누고 싶구나.

창밖에서 조잘조잘 까르르 아이들 목소리가 들려
온다. 원고 흐름이 끊길까 봐 내려놓았던 블라인드를 걷고 창문을 열어보
니 와락, 봄이 품 안으로 뛰어든다. 엊그제 내다보았을 때는 하늘이 온통
부옇고 탁했는데 오늘은 맑고 훈훈한 햇빛이 흰하다. 장차 머리카락이 될
포부를 가지고 숭숭 돋아난 갓난아기의 머리 솜털처럼 여린 연둣빛 잎이
어느새 가로수마다 한가득이다.

그 밑으로 빳빳한 교복을 입은 중학생 무리가 지나가고 있다. 어린이
라기엔 키가 크고 학생이라기엔 앳된 모습을 보니 분명 중학교 1학년생
들이다. 기지개 한 번만 켜도 키가 쑥쑥 크는 몰랑몰랑한 아이들.

현장학습을 가는 중인지 무리 앞에는 인솔 교사 두 명이 있고 그 뒤로
상고머리를 찰랑이며 걷는 남학생 한 무리와 회색 교복 치마 아래 하얀
양말을 신은 여학생 무리가 뒤따른다. 선생님을 따라가는 일보다 옆에 있
는 친구와 티격대는 데 더 정신이 팔린 아이들은 막 마당에 풀어놓은 병
아리 떼처럼 쩍쩍댄다. 그런데 무리 끄트머리에 있던 너댓의 남자아이들
이 갑자기 옆골목으로 방향을 틀고는 자기들끼리 희희낙락 뛰어간다.

"야, 그쪽으로 가는 거 아니야!"

그 모습을 발견한 남자아이 하나가 가던 길을 멈추고 선생님 한 번, 일탈 그룹 한 번 번갈아 쳐다보다가 크게 소리쳤다. 무리에서 떨어져나간 아이들은 선생님이 인솔해 데려가려고 하는 최종 목적지가 어디인지 알고 있다는 듯 손을 들어 휘이휘이 흔들어 보인다.

"야아아, 어디가. 거기 아니라니까아아!"

다급해진 아이가 사자후를 토해내자 일탈 그룹 중에서 키가 가장 커서 고등학생처럼 보이는 남자아이가 저 멀리서 이렇게 외친다.

"야, 이 범생아아아아!"

비웃음이 살며시 묻어나는 이 외침을 온몸으로 받고 있는 반대편 아이는 키가 작고 몸집이 왜소했다. 까맣고 커다란 뿔테 안경을 쓴 모습이 어릴 때 보았던 TV 만화 〈영심이〉에 나오는 안경태와 닮았다. 저만치 앞서가는 선생님은 이 소란을 눈치채지 못하고 가던 길을 열심히 걷고 있다. 안경태는 점점 벌어지는 거리가 부담스러웠던지 뒷골목으로 사라진 친구들에게서 시선을 떼고 한달음에 선생님과 반 친구들을 향해 뛰어간다.

시끌벅적 까불대는 아이들 목소리가 모두 공기 중에 흩날려 사라질 때까지 나는 창문에 매달려 있었다. 범생이라고 놀림당한 안경태가 마음에 쓰였다. 규칙에 맞춰 선생님 뒤를 따라가는 게 전혀 잘못이 아닌데 범생이라는 말 때문에 '아, 나는 용기도 없고, 시시하고, 멋없는 사람인가 봐' 하며 우울한 생각이 들까 봐.


가끔 궁금한 게 생기면 네이버 지식인을 뒤져본다. 지식을 얻기 위해서가 아니라 사람들의 질문을 구경하는 게 재미있어서다. 요즘 아이들이 모범생에 대해 어떻게 생각하는지 네이버 지식인만큼 똑떨어지게 보여주는 곳도 없다. 모범생과 관련된 그들의 궁금증은 두 갈래로 나눌 수 있다. "어떻게 하면 모범생이 될 수 있나요?"와 "모범생 이미지에서 어떻게 벗어나나요?" 되고 싶어하는 마음과 벗어나고 싶어하는 마음의 공존. 한쪽에서는 모범생이 되기 위해 필통을 어떻게 정리해야 하느냐고 묻고, 다른 쪽에서는 범생이가 '찌질이'냐고 묻는다. 교사들은 모범생을 칭찬하고 친구들은 모범생을 조롱한다.

학업이나 품행이 본받을 만한 학생이란 뜻의 모범생이 조롱의 말로 쓰이는 이유는 이런 함의 때문이다.

'모범생은 공부밖에 몰라서 시야가 좁고 따분하다. 주어진 상황만 고분고분 따른다.'

이렇게 모범생을 비아냥댈 땐 모범생이라는 단어가 내포하고 있는 성실함이라는 가치를 무시해도 괜찮다는 느낌을 받는다.

어른 세계에도 그런 순간은 있다. 자발적으로 열심히 일하는 동료를 향해 "왜 이렇게 혼자 유난을 떨어. 주변 사람 피곤하지 않게 적당히 살자", "뭐하러 그렇게 열심히 하냐? 어차피 남 좋은 일(회사 좋은 일)만 시키는 거야" 같은 멘트를 던지며 사회생활 고수인 자신은 그렇게 아등바등 살지 않는다는 식으로 말하는 사람, 열심히 최선을 다하는 게 촌스럽거나 순진하다고 여기는 사람을 종종 만나왔다.


10년의 직장 생활을 접고 프랑스 보르도에 터를 잡았을 때였다. 생존에 시급한 불어를 배우러 간 어학원 기초반에서 한 한국인 여성을 만났다. 미학을 공부하겠다는 꿈을 위해 다니던 은행을 관두고 프랑스로 건너온 동갑내기였다. 어학원에 있는 학생들은 보통 나이가 10대 후반에서 20대 초반이었다. 한참 어린 외국인 동생들보다는 동갑내기 한국인과 더 친하게 지낼 수 있을 거라 믿었는데 그녀와 있으면 야릇한 불쾌함이 뭉게뭉게 피어올랐다. 그녀가 이런 식의 화법을 구사했기 때문이다.

"(5분이면 할 수 있는 숙제를 내가 해온 것을 보면서) 오, 역시 모범생! 넌 진짜 공부만 하는구나. 나는 공부보다 다양한 경험이 중요하다고 생각해."

"(월요일 오전에) 너는 모범생이라 모르겠지만 난 사람과의 만남을 중요시하는 사람이야. 시험 기간이긴 한데 나는 주말에 댄스 강습소에 가서 프랑스 아줌마들이랑 어울렸지."

프랑스에서 미학 전공으로 대학교에 입학하겠다는 사람이 초등학교 수준의 동사 변화부터 배우는 기초반 공부도 하지 않으면서 어떻게 그 꿈을 이루겠다는 건지, 중·고등학교 때처럼 강압을 견디며 의무적으로 다녀야 하는 학교도 아니고 성인이 되어 스스로 선택한 공부인데 왜 설렁설렁한 태도가 더 쿨한 것처럼 구는 건지 이해가 되지 않았다.

또한 그녀에게서 말과 행동이 다른 모습이 종종 보였다. 그녀는 시험 날만 되면 '빽빽이'를 한 종잇장을 붙들고 복도 여기저기를 잰걸음으로 서성대면서 온몸으로 긴장을 표현했고, 상대 평가로 성적이 매겨지는 발표 수업 땐 다른 친구들 발표 내용을 깎아내리는 데 혈안이 되었다. 한마디로 말과 행동의 낙차가 너무 컸다. 어느 장단에 맞추어야 할지 몰라 그녀와 있으면 늘 긴장이 됐다.

그러니까 그녀는 '나는 자유로운 보헤미안'이라는 생각을 스스로에게

* Schoolboy, Albert Anker, 1910, 45×51cm, Private Collection
** Youngboy Writing with his Little Sister, Albert Anker, 1875, 58×45cm, Private Collection

주입시키기 위해 자신을 제외한 많은 사람에게 고지식한 모범생이라는 딱지를 붙였지만 자신의 속내와 성정까지 모두 숨길만큼 약삭빠르진 못했다. 내 눈에는 그녀 손에 들려 있던 담배까지도 일종의 연출처럼 보였다. 모든 행동이 뭔가 삐걱거리고 어색했던 사람. 그래서 결국에는 참 딱했던 사람.

적어도 내가 아는 진실은 이렇다. 노력하는 타인을 폄하하기 위해 "모범생인 너는 세상을 잘 모르지만" 하며 거들먹거리는 사람 중에 정말 제대로 놀고 세상을 폭넓게 즐기는 멋진 날라리는 없다. 또 건전한 야망을 가지고 최선을 다하며 사는 사람과 규율 따위 사뿐히 무시하며 자기 느낌에 충실하게 사는 날라리는 물과 기름처럼 겉돌지 않는다. 서로가 서로의 진실성을 알아본다. 두 삶의 태도 모두 적어도 비겁하지는 않아서다. 주어진 순간을 정직하게 살아내는 사람들은 범생이든 날라리든 골치 아프게 배배 꼬며 타인을 깎아내리는 데 에너지를 쓰지 않는다.

성실과 노력으로 해결할 수 없는 것이 너무나 많은 시대인 것은 맞다. 노력하면 다 이룰 수 있다고 말하고 싶은 것은 아니다. 노력은 이따금 배반을 하지만 그렇다고 노력을 조롱한다면 우리는 더 길을 잃고 말 것이다.

○
알베르트 앙커Albert Anker, 1831~1910
19세기 스위스 국민들의 생활상을 촘촘하게 기록한 국민 화가. 대학 때까지 신학을 공부하다 뒤늦게 예술가로서의 꿈을 발견한 뒤 프랑스 파리에서 본격적으로 그림 수업을 들었다. 극사실주의 정물화와 농촌 일상화에서 두각을 나타내 파리 살롱전에서 수상하고 레지옹 도뇌르 훈장을 받기도 했다.

*   Knitting Girl with Basket, Albert Anker, 1897, 33×45cm, Private Collection
**  Two Girls Sleeping on a Stove, Albert Anker, 1895, 71.5×55.5cm, Kunsthaus, Zurich

* The School Exam, Albert Anker, 1862, 175×103cm, Museum of Fine Arts Berne

사진 속 자매는 훗날 두 명의 걸출한 예술가가 됩니다.

동생은 글을 썼고, 언니는 그림을 그렸습니다.
두 사람 모두 자신의 분야에서
영국을 대표하는 여성 예술가가 되었죠.


이 자매는 누구일까요?

* Virginia Woolf, Vanessa Bell, 1912, 34×40cm, National Portrait Gallery

# Q:
## 글을 잘 쓰고
## 싶나요?

### A : 버지니아 울프 작가님께

3년 전 런던 내셔널 포트레이트 갤러리에서 당신의 친언니 바네사 벨Vanessa Bell이 그린 초상화를 보았습니다. 그때 전 서른둘이었죠. 좀 더 시간을 앞으로 돌려 10년 전, 그러니까 제가 스물두 살 때, 당신의 일대기와 소설 《댈러웨이 부인》을 모티브로 만든 영화 〈디 아워스〉를 보았습니다. 그때부터 지금까지 당신의 이름은 제게 하나의 상징이랍니다. 예민한 자의식을 가지고 치열하게 글을 쓴 작가의 전형, 글쓰기에 삶을 전부 헌신한 순교자. '글로 먹고살 수 있을까'라는 질문을 막 품기 시작했던 스물두 살 여자애는 당신을 처음 알게 된 날 몹시 슬펐답니다. 이런 삶을 살고 싶다는 꿈이 간절했지만 뼛속까지 생활인으로 조직되었기에 그 꿈을 영원히 이룰 수 없을 거란 자각도 했기 때문이에요. 주제 파악을 너무 잘하는 여자애의 절망감 같은 것이었죠.

누군가 그러더군요. 버지니아 울프Virginia Woolf만큼 유명하면서 동시에 읽히지 않는 작가는 없다고요. 의식의 흐름대로 자유기술한 당신 글이 난해하고 쉽게 읽히지 않는 것은 사실이지만 1929년에 발표한 에세이 《자기만의 방》에 남긴 이 말만큼은 지금도 널리 회자되고 있습니다.

"여성이 글을 쓰기 위해서는 돈과 자기만의 방이 있어야 한다."

《자기만의 방》에서 당신은 이렇게 썼습니다. 숙모인 메리 비턴 씨가 당신에게 매년 500파운드가 지급되도록 상속을 남기기 전까지 신문사에 잡다한 일자리를 구걸하고 여기에다 원숭이 쇼를 기고하고, 저기에다 결혼식 취재 기사를 쓰면서 생계를 이어 나갔다고요. 원하지 않는 일이지만 필요했기 때문에 노예처럼 아부하고 아양을 떨며 그 일을 했다고 적었습니다. 하지만 숙모가 남긴 유산 덕분에 의미 없는 일에 시간과 재능을 허비하는 것을 그만둘 수 있었고, 더 나아가 세상을 바라보는 눈도 바뀌었다고 고백했지요.

생계를 유지해야 하는 절박함에서 자유로워진 뒤, 가부장제를 향해 쏟아내던 억울한 마음과 두려움이 사라졌습니다. 그다음엔 제도의 한계가 보이기 시작했고, 서로 잘났다고 떠들어대는 주류 남성 작가들의 결핍도 눈에 들어오게 되었다고 말했습니다. 최종적으로 숙모의 유산이 당신에게 남긴 것은 '사물을 그 자체로 생각하는 자유'라고 설명했습니다.

오늘 당신과 이야기 나누고픈 주제는 돈보다는 방 쪽입니다. 당신이 '글쓰는 여자에게 자기만의 방이 필요하다'고 역설했던 20세기 초는 이런 시대였습니다. 여성은 투표를 할 수 없었고, 대학에서 강의를 들을 수는 있으나 학위를 받을 권리가 주어지지 않았습니다. 여성이 도서관에 들어가려면 대학 연구원을 동반하거나 소개장을 소지해야 했습니다. '여성에게 있어 최고의 명예는 사람들에게 거론되지 않는 것'이라고 말했던 기원 전 사나이 페리클레스<sup>Perikles</sup>의 생각이 여전히 통용되는 시대였죠. 당신과 오늘 소개한 당신의 초상화를 그린 친언니 바네사 벨 모두 아버지의 서재에서 독학으로 지성을 갈고닦은 여성들이었습니다.

"백 년이 지나면 이 가치들은 완전히 변하겠지요. 더욱이 앞으로 백 년이 지나면, 집 문 앞에 이르러 생각하건대, 여성은 보호받는 성이기를 그만둘 것입니다. 필연적으로 그들은 한때 자신들에게 허용되지 않았던 모든 활동과 힘든 작업에 참여할 것입니다. 아이 보는 여자는 석탄을 운반할 것이고 가게 주인 여자는 기관차를 운전할 것입니다. 여성이 보호받는 성이었을 때 관찰된 사실에 근거를 둔 모든 가설들은 사라질 것입니다."

_버지니아 울프, 《자기만의 방》, 이미애 옮김, 민음사, 2006

당신이 말한 100년이 지난 시대를 바로 제가 살고 있습니다. 당신이 예상했던 것처럼 과거엔 허용되지 않았던 많은 분야와 활동에 여성들이 참여하고 있어요. 무척 다행스러운 일입니다. 하지만 다른 의미에서, 전혀 생각지도 못했던 다른 방향에서 자기만의 방이 필요한 시대가 되었습니다.

제인 오스틴은 독립된 서재도 없이 공동의 거실에서 온갖 종류의 일상적인 방해를 받으며 《오만과 편견》을 썼습니다. 자신이 글을 쓴다는 사실을 하인이나 방문객들이 눈치채지 못하도록 원고를 숨겨가며 썼지요. 그렇게 집안일로 정신이 쪼개지는 산만한 환경에서 《오만과 편견》, 《이성과 감성》이라는 걸작을 쓴 건 여성 작가 역사상 제인 오스틴만 할 수 있었던 기적이라고 당신은 평했습니다.

이젠 더 이상 여자가 글을 쓴다고 홍보는 시대가 아닙니다. 그런데도 자기만의 것이라 부를 수 있는 시간이 여전히 30분도 되지 않는 이유는 무엇일까요? 이것이 오늘 제가 당신께 말을 건 이유입니다.

"스마트 권력은 심리를 훈육하거나 강제와 금지의 굴레에 묶어두지 않고, 오히려 심리에 착 감겨온다. 그것은 우리에게 침묵을 강요하지 않는다. 오히려 털어놓으라고, 함께 나누라고, 참여하라고, 우리의 의견, 욕망, 소원, 선호를 전달하고 우리의 삶에 대해 이야기하라고 끊임없이 자극한다."

_한병철, 《심리정치》, 문학과지성사, 2015

당신에게 이 편지를 쓰기 직전까지 제가 했던 행동을 한번 읊어보겠습니다. 일어나자마자 스마트 폰을 켜 밤사이 블로그에 달린 댓글을 확인했습니다. 글을 써서 업로드를 할 때마다 '어떤 반응이 있을까', '내가 하고 싶었던 이야기가 잘 전달된 게 맞을까' 가슴이 조마조마하거든요.
어떤 식으로든 정성을 다해 글 한 편을 써본 사람이라면 이 불안감을 쉽게 이해할 수 있을 것입니다. 독자들의 댓글에 다시 고맙다는 댓글을 달고 잡지사에서 청탁받은 원고를 시작해보려고 책상에 앉았습니다. 하지만 정신은 온통 '카톡'에 매어 있었어요. 한 매체 편집장님이 일전에 보냈던 원고에 대한 피드백을 주기로 한 날이었거든요. 그러던 사이 네이버에서 새 소식을 묶어 보여주는 'naver me' 알림창에 빨간 숫자가 반짝 떠오릅니다. '누굴까?' 클릭, 확인.

이런 식으로 정신이 자꾸만 쪼개져서 결국 원고는 한 줄도 쓰지 못했고, 시간을 허투루 썼다는 찜찜함만 남았습니다. 만약 당신이 살아 있어 제 모습을 지켜봤다면 "글을 쓰려는 여자에게는 자기만의 방과 자기만의 시간이 필요하다. 물론 자기만의 방에는 인터넷도, 와이파이wifi도 없어야 한다"라고 새로운 단서를 붙이지 않았을까요?

2016년을 사는 우리는 '좋아요, 공감, 하트' 때문에 자발적으로 집중력을 흐트러뜨립니다. 인류가 태초부터 갈구해온 타인의 인정, 그것의 디지털 2.0 버전이죠.

1937년 8월 6일, 일기장에 "나는 사람들을 즐겁게 하기 위해, 또 남의 생각을 바꾸기 위해 글을 쓰지는 않을 것이다. 나는 지금, 그리고 영원히 나 자신의 주인이다"라고 쓴 당신같이 뚝심 있는 대작가는 이해하기 어려우시겠지만 2016년을 사는 저는 휴대전화와 SNS의 알림, 궁극적으로 '좋아요, 공감, 하트'라는 타인의 인정 v.2.0에 자꾸만 신경을 쓰고 마는 제 자신과 싸우며 자기만의 시간을 확보해야만 합니다.

이제 이 편지를 마치면 스마트 폰과 아이패드를 화장실에 있는 장식장 서랍 안에 집어넣으려고 해요. 그래봐야 빈 컴퓨터 화면을 바라보며 도대체 무얼 써야 하나 고민하며 시간을 보낼 뿐이겠지만 바버라 애버크롬비Barbara Abercrombie가 《작가의 시작》에 쓴 바에 의하면, 그게 바로 작가들이 하는 일이니까요.

"글쓰는 시간을 정했다면 그 시간을 온전히 소유하라. 문을 닫고 바깥세상과 교류를 끊어라. 그래봐야 빈 컴퓨터 화면을 바라보며 도대체 무얼 써야 하나 고민할 뿐이라도 괜찮다. 그게 바로 작가들이 하는 일이다."

__ 바버라 애버크롬비, 《작가의 시작》, 책읽는수요일, 2016

\* Virginia Woolf, Vanessa Bell, 1912, 31×41cm, Monk's House, Rodmell

PART 3 ◦ **관계**라는 **물음표**

영국 빅토리아 시대의 화가
로렌스 알마 타데마 <sup>Sir Lawrence Alma Tadema</sup> 는
고대 그리스 로마 문명의 면면(의복, 건축, 생활상
등)을 그림으로 재현한 화가입니다.

특히 남녀 관계의 소소한 드라마를
꿈결처럼 아름답고 낭만적인 화풍으로 그려냈습니다.

구애의 순간을 담은 작품 속 여자의 표정을 관찰하고
그녀가 보였을 반응을 상상해보세요.

## 그녀는 어떤 대답을 했을까요?

*     **

* A Different Opinion, Sir Lawrence Alma Tadema, 1896, 22.86×38.1cm,
Collection of Fred and Sherry Ross, New York

# Q:
## 칭찬에 어떻게
## 반응하세요?

### A : 고개를 돌린 당신께

로렌스 알마 타데마 작품 속, 구애에 반응하는 여자를 지켜보는
건 무척 흥미롭습니다. 뭔가 이중적인 표정이거든요. "이러시면
곤란해요"라고 말은 하지만 내심 기뻐하는 얼굴이랄까요. 고백
을 기다려놓고 기다리지 않은 척하는 모습이 재미있어요.

충분히 이해는 됩니다. 19세기 빅토리아 시대 여성들은 선거권
은 물론이고 재산을 가질 권리도 없었습니다. 교육과 직업 선택
의 기회가 동등하게 주어지지 않았으니 결혼 말고는 삶의 질이
나아질 기회가 없었습니다. 그야말로 '누구와 결혼하느냐'에 인
생이 걸려 있었죠. 일생에서 유일하게 남녀 권력의 갑을 관계가
바뀌는 순간이었기에 머릿속이 더 복잡했을 겁니다. 고백을 받
으면 일단 곤란한 척을 하라는 조언이 엄마에게서 딸로, 언니에
게서 동생으로, 여자들의 입에서 입으로 전해졌을지도 모르겠
습니다.

타인의 호감 표시가 미혼 남녀 사이에서는 '구애'로 표현되지만
좀 더 범위를 넓혀 생각하면 '칭찬'이라는 단어로 표현할 수 있
을 것입니다. 전 당신의 모습을 보면서 타인의 칭찬에 반응하는
태도에 대해 생각해보게 되었습니다.

카페에서 원고를 쓰다가 옆자리 대화를 우연히 엿듣게 됐다. 절친으로 보이는 두 여자의 대화는 엊그제 구입한 원피스의 가격 대비 성능에서부터 쥐처럼 징글징글해서 '제리'라는 별명으로 불린다는 회사 상사 뒷담화까지, 롤러코스터 같은 낙차와 속도로 주제를 바꿔가며 돌진 중이었다. 신경을 끊고 원고에 집중하려 했지만 귀를 쫑긋 세울 수밖에 없는 새로운 소재가 던져졌다. 소개팅 후 세 번째 만난 '썸남'에 대한 이야기.

"다음 주말에 만나자고 또 카톡 왔어."
"야, 그 남자가 너 진짜 마음에 드나보다."
"아니야. 잘 모르겠어. 보니까 그 사람 완전 집돌이더라고. 주말에 놀 사람이 없어서 연락온 거 같기도 하고."
"두 번째 만났을 때 너한테 예쁘다고 말도 했다면서."
"에이, 예의상 그냥 한 얘기야."

처음엔 소개팅한 남자가 탐탁지 않아서 하는 이야기인 줄 알았다. 하지만 가만히 들어보니 여자는 그를 제법 마음에 두고 있었다. 호감 있는 남자가 예쁘다고 만나자고 관심을 표했다는데, 그 이야기를 전하면서 그녀의 표정은 점점 어두워졌다. 왜지? 이해할 수가 없었다. 나 같으면 신나서 덩실덩실 춤출 것 같은데.

그녀와 비슷한 화법을 지닌 친한 동생이 생각났다. "A야. 너는 피부가 진짜 좋아"라고 칭찬하면 "아니에요, 언니. 잘 가려서 그렇지 화장 지우면 잡티가 얼마나 많은데요"라며 보이지도 않는 결점을 일부러 보란 듯이 부각시켜 대답하거나 "얼마 전에 바꾼 BB크림 때문인가봐요"라고 공을 다른 데로 돌리는 습관을 가진 아이다. 소개팅에서 호감을 표시했던 남자에 관한 이야기를 들려줄 때, 그 아이는 이 말을 참 자주 했다.
"그런 말을 들으면 제가 기분 좋아할 거라는 걸 아니까. 좋으라고 해주는 말이겠죠."
자신이 칭찬과 호의를 받을 만한 가치가 있다는 사실을 끝내 인정하지 않기 위해 상대방의 진심까지 일종의 전략으로 치환시켜 깎아내리는 거다. 그런 식으로 보호막을 몇 겹이나 만들고는 온갖 걱정을 끌어안고 근심한다. '다들 좋은 남자를 잘 만나는데, 나만 왜 이렇게 어려운 걸까' 심지어 걱정 많은 모습마저 걱정한다.

정도의 차이는 있지만 칭찬을 있는 그대로 받아들이지 못하는 습관을 가진 사람은 꽤 많다. 누군가 좋은 말을 해주면 되레 자기를 낮추면서 겸손한 말을 덧붙이는 게 한국 문화에서는 예의니까. 상다리가 휘어지도록

잔칫상을 차려놓고도 "차린 게 없어서"라고 말하고, 손님을 집에 들일 때는 "누추하지만"이라고 말하는 게 우리 문화다.

행여 겸양의 미덕을 모르는 뻔뻔한 사람으로 생각될까 싶어 우리는 손사례를 치며 이렇게 말하곤 한다. "아휴, 아니에요." 그 뒤에는 이런 생각이 생략되어 있다. "아휴, 아니에요. (저는 그렇게 특별하지 않아요)", "아휴, 아니에요. (잘 모르셔서 하는 말씀이겠죠. 제 본모습은 제가 잘 알고 있답니다)", "아휴, 아니에요. (저보다 나은 사람이 얼마나 많은데요)."

나에게도 그런 면이 있다. 특히 글에 대한 칭찬 앞에서 몹시 부끄럽다. 그 어떤 말보다 글을 잘 쓴다는 말을 듣고 싶으면서도 실제로 누군가 내 글의 장점을 칭찬해주면 쉽게 그 말을 믿지 못한다. 동생이 소개팅남의 호의에 보인 반응과 꼭 같은 반응을 나도 하는 것이다. '나랑 친한 사람이니까. 기분 좋으라고 해준 말이겠지' 하며 최대한 그 칭찬의 무게를 가볍게 만들어 별것 아닌듯 툭툭 털어낸다. 의도를 가지고 애써서 그런 게 아니라 저절로 마음이 그렇게 움직인다. 어느 날, 작은 의문이 생겼다. 왜지? 스스로를 낮춰서 얻는 게 도대체 뭐지?

칭찬을 물리치기 위해 그동안 별생각 없이 했던 말들을 곰곰이 곱씹어봤다. 불투명한 막 안에 가려진 모호했던 감정이 조금씩 모습을 드러냈다. "아휴, 아니에요"의 가장 깊은 곳에는 이런 목소리가 숨어 있었다.

실망의 위험이 두렵다. 타인을 실망시키고 싶지 않다. 스스로의 기대치에 못 미치는 모습을 보며 실망하고 싶지 않다. 실패하거나, 퇴짜를 맞거나, 거절당하거나, 부정적인 결과를 마주할 위험을 떠안기보다는 그냥 모자란 채로 있는 것이 더 낫다. 위험을 감수하고 싶지 않다. 그런 칭찬을 받을 만한 사람이 아니라고 선을 그어놓으면 적어도 현상유지는 할 수 있으니까.

상대방이 칭찬을 해주면 일단 부정하고 자신이 얼마나 부족한지 늘어놓는 사람들의 마음속에는 아직 자라지 못한 아이가 있다. 그 심리기제의 작동 목표는 이렇다. 자신의 부족함을 내세우며 평가절하를 하면 상대방은 기운을 북돋워주기 위해 더 격하게 칭찬을 해주기 마련이다. 때론 연민과 관심도 얻을 수 있다. 자신은 그 어떤 감정적 위험도 감수하지 않고, 타인의 허약한 몇 마디 말에서 부족한 자존감을 채우는 태도, 스스로를 사랑하지 못하는 이유에 대한 습관적 변명, 책임지지 않고 뒤에 있으려는 고집. 그동안 별생각 없이 했던 칭찬 물리치기의 이면을 보니 이런 심리가 보였다.

태도를 바꿔야겠다. 기분 좋은 결과나 성과를 얻었을 때, "운이 좋았어요"라고 말하는 대신 "최선을 다했는데 결과가 좋아서 기뻐요", "열심히 한 보람이 있었어요"라고 말해야겠다. 내가 애쓴 노고의 가치를 깎아내리지 않기 위해서다. 물론 이렇게 말하려면 일단 최선을 다해야 한다는 전제조건이 생긴다. 운 때문이었다고 말할 때보다 책임질 것이 많아지는 상황이다. 조금 부담스럽지만 어른다운 발언은 이런 것이겠거니 생각한다.

얼마 전부터는 누군가 칭찬이나 호의를 보여주면 그것에 대한 의심을 품는 대신 "기분이 좋아요. 고마워요"라고 대답한다. 반대로 타인을 칭찬할 때도 마찬가지다. 후련하게 진심을 꺼내놓으면 될 뿐이라고 생각한다. 허울뿐인 예의범절의 껍데기 안에서 어떻게든 칭찬을 되돌려주려고 입에 발린 이야기를 주고받으며 어색해했던 예전에 비해 마음이 홀가분하다.

로렌스 알마 타데마의 그림 속에서 여자들은 천진하게 밀고 당기기를 한다. 어른의 성숙함보다는 아이의 천진한 귀여움이 더 느껴진다. 그녀들이 보여주는 각종 스킬(좋으면서 격하게 부정하기, 기다려놓고 안 기다린 척하기, 즐거우면서 난감한 척하기)은 속이 빤히 보여서 사랑스럽기까지 하다.

하지만 그 안에는 그리 아름답지 않은 현실이 있다. 빅토리아 시대 여성들이 솔직하게 자신을 드러내지 못했던 이유는 그녀들에게 허용된 자유가 극히 제한적이어서다. 여성의 법적, 경제적 위상은 열악했고, 가부장에게 순종하는 수동적 여성상이 뿌리 깊게 자리 잡고 있었다. 낭만적 연애 개념도 없을 시절이라 혼담이 오가는 사람에게 어떻게든 책잡힐 일을 만들지 않아야 했다. 그러므로 그 시절 여성들의 내숭은 자기기만이 아니라 필사적인 생존 전략이었을지도 모른다.

다시 한번 그녀를 바라본다. 자신의 인생을 좌지우지할지도 모를 누군가가 보이는 호의를 되도록 오래 지속시키기 위해 온갖 작전을 짤 수밖에 없는 사람의 몸부림, 어딘지 애잔하다.


언제 어디서나 자신이 제일 잘났다고 생각하고 허세를 부리거나 으스대자는 이야기를 하려는 게 아니다. 지금은 19세기 빅토리아 시대가 아니란 이야기를 하고 싶은 거다. 합리적으로 생각해보면 별다른 효용 가치가 없는 매너의 속박 안에서 습관적으로 감정을 계산하고, 밀고 당기기를 하고, 보호막을 둘러치는 것보다는 솔직한 자기 고백이 더 멋진 삶의 태도가 아니냐고 묻고 싶은 것이다. 칭찬받으면 칭찬받아 좋다고, 떨리면 떨린다고, 모르면 모른다고, 사랑을 원하면 사랑을 원한다고 후련하게 마음을 고백하며 사는 것. 실망할 가능성과 실망시킬 가능성을 감수할 때, 우리 삶 속에서 진정한 의미의 '케미스트리', 마음의 화학작용이 일어나는 것 아닐까.

○
**로렌스 알마 타데마** Sir Lawrence Alma Tadema, 1836~1912
네덜란드 태생의 화가로 앤트워프 왕립예술학교에서 공부한 뒤 영국으로 이주해 여생을 그곳에서 보냈다. 고대 그리스 로마 시대를 이상적으로 묘사하며 당시의 건축, 의복, 문화를 재현하는 데 창작 에너지를 쏟았다. 로맨티시즘과 관능성, 대중적 감성으로 요약할 수 있는 빅토리아 시대의 대표 화가다.

* The Question, Sir Lawrence Alma Tadema, 1877, 38×16cm, Perez Simon Collection
** A Foregone Conclusion, Sir Lawrence Alma Tadema, 1885, 229×311cm, Tate Britain

* A Coign Of Vantage, Sir Lawrence Alma Tadema, 1895, 44.5×64cm, Private Collection
** Shy, Sir Lawrence Alma Tadema, 1880~1890, 29.2×45.7cm, Private Collection

우리는 모두 이것을 하며 삽니다.

어릴 때도 하고, 나이가 지긋해도 합니다.
일하다가도 하며, 가던 길을 멈추고도 해요.
조금 산다는 사람들도, 조금 없이 살아도 이것만큼은 하지요.
이것을 할 때, 분위기는 고조됩니다.
덕분에 함께 있는 사람들이 결속되는 느낌이 듭니다.

이것은 무엇일까요?

* Conversation on the Terrace, Eugene de Blaas, 1909, 104.5×90.5cm, Private Collection

* The Friendly Gossips, Eugene de Blaas, 1901, 122×98cm, Private Collection

# Q :
## 우리는 왜 남의 흉을 볼까요?

### A : 파란 스카프를 한 당신께

19세기 말부터 20세기 초까지 베니스 여성들의 일상을 재기발랄하게 그려낸 화가 유진 드 블라스Eugene de Blaas의 작품을 감상하다 당신을 발견하고 이 글을 써야겠단 결심을 했습니다. 얼마 전부터 마음에 달라붙어 떨어지지 않던 질문 하나가 그림으로 형상화된 것 같았거든요. 바로 '친구나 동료가 내 앞에서 누군가의 험담을 할 때 어떻게 대처해야 하는가?' 하는 문제입니다.

신나게 뒷담화를 하고 있는 두 친구를 바라보는 당신의 태도에서 애매한 거리감이 느껴집니다. 험담하는 게 재미있었다면 조금 더 친구 쪽으로 가까이 다가갔을 테고, 곤혹스러웠다면 지금처럼 온화한 미소를 띠면서 두 사람 이야기를 듣지 않았을 겁니다. '동참하고 싶은 마음은 없지만 친구니까 들어줘야겠지' 정도의 생각으로 적당히 장단을 맞춰주고 있습니다.

당신이 왜 어정쩡한 태도를 보였는지 알 것 같아요. 분위기 파악 못하는 사람처럼 보이는 것도 싫고, 입이 가벼운 사람처럼 보이기도 싫어서겠죠. 동참해도 찝찝하고 발을 빼도 꺼림칙한 남 욕, 어떻게 들어주는 게 좋을까요?

자신한다. 나는 타인의 이야기를 잘 들어주는 편이다. 누군가의 인생사를 듣는 건 그 이야기가 미시적이든 거시적이든, 통사通史든 정사正史든 야사野史든 상관없이 재미있다. 이런 성향 덕분에 남 이야기를 받아 적는 '기자질'을 오래 해올 수 있었고, 누군가가 숨겨온 감정의 진창, 마음속 비밀의 방에 자주 닿게 되었다. 자신의 경험과 감정을 진솔하게 털어놓기만 한다면 성공담, 실패담, 미담, 고난극복담, 회고담, 무용담 뭐든 좋았다.

반면 험담은 아무리 들어도 도통 적응이 안 된다. 평소 취재로 인터뷰를 할 때나 친구들과 수다를 떨 땐 방청객 수준으로 고개도 격하게 끄덕이고 "아아, 그랬구나" 맞장구도 잘 쳐주는 편인데, 험담 앞에선 몸이 굳는다. 상대방은 열변을 토하는데 꿔다놓은 보릿자루처럼 멀뚱히 눈만 쳐다보기도 그렇고, 그 나름대로 마음에 얹힌 걸 풀고 싶어서 하는 이야기일 텐데 왜 그렇게 남을 욕하냐며 정색하기도 그렇다.

프랑스 파리에 출장을 갔다가 험담 폭격을 당한 적이 있다. 지인 집에서 3일 정도 신세를 지다 벌어진 일이다. 단둘이 깊이 있는 이야기를 할 수 있는 시간이 생겼으니 친밀감을 쌓을 좋은 기회라고 생각했다. 지인도 유학 생활의 외로움과 서러움을 나눌 대화 상대가 생겨서 들뜬 듯 보였다.

첫날, 함께 저녁밥을 지어 먹는데 지인이 같은 매장에서 일하는 중국인 판매 사원 때문에 요즘 괴롭다며 입을 뗐다. 지인은 백화점 식품 매장에 판매 인턴으로 막 고용되어 일을 배우는 중이었다. 그때는 몰랐다. 그게 3일 동안 이어지는 욕 대서사시의 서막인 줄.

중국인 판매 사원이 욕을 먹어야 할 이유는 다양했다. 멍청하고, 일을 제대로 못 하면서 점장에게 아부만 하고, 취향도 천박하고, 어떻게든 손하나 까딱하지 않으려고 일을 미뤄서 옆 사람에게 피해를 준다는 것. 여기까지는 그런가보다 했다. 그런데 험담이 점점 치사해지기 시작했다. 빈민가 밑바닥 출신으로 프랑스인과 결혼한 것을 보면 분명 위장 결혼이었을 것이고 결국은 이혼한 전남편 덕에 쉽게 체류 문제를 해결했다더라, 하루에도 수십 명씩 쏟아져 들어오는 중국인 갑부 여행객 덕에 능력도 없는데 인센티브를 끌어모으고 있다, 툭 하면 히스테리를 부리는데 분명 남자랑 잠을 못 자서 욕구불만이 쌓인 거라는 등등 잘근잘근 씹는 저작의 희열에 취해 끝 모를 험담을 늘어놓았다.

시간이 지나면서 지인의 험담은 그 사람뿐 아니라 파리에 사는 중국인 대다수를 향한 혐오로 점점 범위를 넓혀갔다. "중국 사람들은 정말 시끄럽고 교양 없고 더럽고…… 아휴, 안 그래요?" 그녀는 잊을 만하면 한번씩 동조하라는 신호를 보내며 내게 공을 넘겼다. 함께 중국인을 욕하면서 '우리는 한편, 한국은 착한 편, 중국은 나쁜 편' 이런 식의 소속감을 공고히 하고 싶었던 모양이다. 그게 친밀감을 쌓는 방법이라고 믿었던 것 같다.

하지만 내 안에 쌓인 건 뜨악한 기분이었고, 내가 본 것은 험담 아래 숨어 있는 그녀의 자괴감과 구분짓기 강박이었다. '내가 이런 사람과 같이 일하고 있지만 그 사람과 나를 동급으로 싸잡아 취급하지 마세요. 내가 훨씬 더 잘났으니까'라고 주장하고 싶은 욕망, 자신의 가치를 높게 평가받고 싶어서 전전긍긍하는 마음이 험담과 불평불만, 무시와 하대로 표출되고 있었다. 그녀가 3일 동안 열변을 토하며 드러낸 건 결국 자신의 콤플렉스였다. 그녀는 친밀감을 원했지만 나는 이 일이 있고 나서 그녀와 거리를 두었다.

험담을 들어주는 게 괴롭긴 하지만 그렇다고 모든 종류의 험담이 불결하다고 생각하진 않는다. 위태로운 기능이긴 해도 험담이 주는 효과도 분명 있다.

베니스 골목 어귀에서 관찰한 여성들의 일상을 즐겨 그렸던 화가 유진 드 블라스의 작품을 보고 있으면 그 생생하고 드라마틱한 인물 표현 덕에 "맞아, 맞아" 손뼉 치며 수다를 나누는 그녀들의 목소리가 귓가에 들려오는 것 같다. 때론 만화책을 보는 것처럼 사람들 머리 위에 어떤 말풍선이 들어가 있는지 훤히 보이기도 한다. 수다 삼매경에 빠진 그녀들의 모습을 보고 있노라면 험담은 좋지 않은 것이라고 충분히 교육받았음에도 우리가 왜 뒷담화와 험담을 그만두지 못하는지 그 이유를 엿볼 수 있다.

험담하는 사람에겐 이런 심리가 있다. 누군가 숨기고 싶어하는 비밀을 내가 알고 있고 그것을 너희에게만 특별히 공유한다는 자부심을 느낀다. 무리 중 누가 가장 정보 수집력이 뛰어난 소식통인지 보여줌으로써 입지

* The Love Letter, Eugene de Blaas, 1904, 116.8×88.9cm, Private Collection

를 강화할 수 있다고 믿는다.

험담에 동참하면 모두가 공범이 되기 때문에 유대감이 강해질 수 있다. 이야기에 가담한 사람들이 모두 아는 제삼자를 깎아내리면 분위기가 고조되면서 더 친해졌다는 느낌이 든다. 물론 한계가 명확한 친밀감이다. 자리를 비우면 내가 다음번 '씹힐 거리'가 될지 모른다는 불안이 늘 존재하는 허약한 소속감이지만 어쨌든 모두가 공범이 되는 그 순간만큼은 폭발적인 결집력이 발휘된다.

더 나아가 뒷담화는 지루함이나 좌절감 같은 부정적인 감정을 잠시나마 잊게 한다. 특히 직장에서 험담은 노동요와 같은 역할을 한다. 성격, 취향, 자라온 배경이 제각각인 다양한 인간군상을 한 공간에 몰아넣고 규격화된 부품처럼 손발을 맞추라고 하면 당연히 평화로울 리 없다. 사람에게 치여서 받은 스트레스를 풀고 어떻게든 일터에 남아 성과를 내려면 감정을 해소할 창구가 필요하다. 분노와 직접적인 공격 욕구를 입으로 풀어내며 후련한 기분을 느낄 수 있으니 적당한 선만 지킨다면 험담이 사무실에서 육탄전이나 칼부림을 하는 것보다 낫다고도 볼 수 있다.

나에게 가장 의미심장한 험담의 기능은 바로 감당이 되지 않는 자신의 모습을 타인에게 투사한다는 점이다. 자기 안에서 해결되지 못한 못마땅한 모습과 비슷한 면을 가진 타인을 만났을 때, 그 못마땅한 부분은 더 증폭되어 그 사람에게 대단한 문제가 있는 것처럼 보인다. 거울을 마주한 것과 같은 이런 상황이 자아내는 불편함과 긴장감에서 도피하는 제일 쉬운 방법이 험담이다. 경쟁 관계에 있는 사람이나 질투를 유발하는 사람을 깎아내리는 것도 마찬가지다. 자신의 부족함에 대한 불안, 미달에 대한 뼈아픈 자각, 시기심 등을 남 이야기에 섞어 쏟아냄으로써 자기 안의 부정적 감정과 대면할 기회 자체를 없애버린다. 그러니까 자꾸만 누군가가 밉고 그의 행동 하나하나가 못마땅해서 뒤에서 욕이라도 실컷 해주고픈 생각이 들때, 우리는 적어도 한번쯤 이런 질문을 스스로에게 던져야 한다.

"왜 유독 저 사람만 보아 넘기기가 힘든 거지? 혹시 나에게도 저런 면
  이 있는 건 아닐까?"

파리 험담 폭격 사건 이후, 심하게 뒷담화 하는 사람에 대처하는 나름의 방법을 찾아냈다. 먼저 영혼의 절반 정도는 유체이탈을 시켜서 저 멀리 조용한 곳으로 보내고 나머지 절반 정도만 데리고 그의 이야기를 듣는다. 험담이 너무 길어져서 지루함이 몰려오면 속으로 비밀 레이더를 발동시킨다. 그가 지금 열불을 내며 남에게 투사 중인 '감당 안 되는 자기 모습'이 뭘까, 나에게도 혹시 그런 면이 있진 않을까 곰곰이 생각하며 시간이 어서 흘러가길 기다린다. 화제를 바꿀 타이밍을 낚아챌 준비도 한다.

맞다. 정정당당하지 못하다. 고개도 가끔씩 끄덕이고 낮은 목소리로 "으음" 하면서 그 사람 말을 잘 듣고 있는 척하면서 속으로는 딴생각을 하니 여간 의뭉스러운 게 아니다. 음흉해서 죄송하다. 나는 누군가 정색하고 험담을 늘어놓을 때 성심성의껏 들어줄 수가 없는 부족한 인간이다. 대화를 할 때, 내가 상대방에게 듣고 싶은 문장은 "그 애는", "그 사람이" 같은 3인칭 주어로 시작하는 이야기가 아니라 "나는", "내 생각에는", "그

* Sharing the News, Eugene de Blaas, 1904, 83.1×105cm, Private Collection

때 내 기분이" 같은 1인칭 주어로 시작하는 문장들이다. 내가 관심 있는 사람은 그가 아니라 나와 마주하고 앉은 눈앞의 그대다.

○
**유진 드 블라스**Eugene de Blaas, 1843~1932
이탈리아에 사는 오스트리아 화가였던 아버지 칼Karl에게서 그림을 배웠다. 베니스에서 생애 대부분을 보냈고 베니스 아카데미의 교수로 학생을 가르쳤다. 미술 권력이라 할 수 있는 아카데미의 전통과 기법을 존중하며, 예술 표현에도 규제와 법칙이 필요하다고 믿었던 고전주의 화가다.

그녀는 지금 아무도 들을 수 없는 마음의 대나무숲에서
질문 하나를 되뇌고 있습니다.
꽃잎을 하나씩 떼면서 천국과 지옥을 오갑니다.

<u>그녀가 되뇌고 있을 문장은 무엇일까요?</u>

* Her Future before Her, Leon Herbo, 1888, 59.7×83.8cm, Private Collection

* The Love Letter, John William Godward, 1907, 93.9×94.9cm, Private Collection

## Q :
## 그가
## 절 사랑할까요?

### A : 상념에 빠진 당신께

사실적인 대리석 질감 표현, 고슬고슬 풍성한 흑발, 매끄럽고 투명한 피부, 붉은 뺨, 속살이 은밀하게 들여다보이는 시스루 원피스와 육감적 몸매……. 영국 신고전주의 화가 존 윌리엄 고드워드 John William Godward 의 작품답습니다.

고대 로마 시대 건축 양식과 정경 안에 반나체의 글래머 미인을 배치하는 그의 스타일은 평생 변함이 없었습니다. 61세에 자살할 때 "피카소와 나 둘이 있을 만큼 세상은 크지 않다"는 유서를 남길 만큼 피카소의 혁신을 동경했지만 그는 전형화된 미인도만 평생 반복해 그렸습니다. 감각적이고 에로틱한 그림으로 상업적인 성공을 거두었지만 그의 내면에는 진보에 대한 갈증이 있었던 것 같아요.

당신은 존 윌리엄 고드워드 그림 속 여자들의 전형성을 모두 보여줍니다. 우선 몸이 더할 나위 없이 탐스럽습니다. 꽃잎을 뜯거나 먼 곳을 바라보거나 머리를 어딘가에 기대고 상념에 빠진 표정을 짓습니다. 사랑의 답을 기다려본 사람이라면 아마 당신의 표정을 금세 이해할 수 있을 겁니다. 존 윌리엄 고드워드 그림 속 여자들은 모두 '기다리는 존재'들입니다. 누군가 자신을 바라봐주길, 아껴주길, 가져주길 기다립니다.

"제가 어떻게 먼저 만나자고 해요."

관심 있는 남자를 향한 애틋함은 커지는데 관계가 미적지근 제자리걸음이라며 걱정하는 후배에게 먼저 남자에게 연락해보라고 했더니 단박에 이런 반응이 나왔다.

남자가 다가가고 싶도록 매력을 가꾸고, 그가 다가올 수 있도록 판을 깔아주고 여지를 남겨주는 것까지가 여자가 할 몫이고 직접적인 진행자가 되어선 안 된다는 생각이다.

남자는 사냥 본능이 있어서 갖고자 하는 것을 어렵게 성취해야만 그 대상을 더 소중히 여긴다는 '사냥 본능설', 여자는 상대방이 썩 마음에 들지 않아도 지극정성을 보여주면 서서히 마음을 여는 적립형 사랑을 하지만 남자는 초반에 판단을 쉽게 끝내고 위험을 감수하길 즐긴다는 '투자 선호설', 여자가 먼저 고백해 사귀게 되면 오히려 여자 쪽에서 작은 일에도 '나를 별로 좋아하지 않는데 내가 사귀자고 해서 만나는 거 아냐' 의심을 품게 되어 깨지기 쉽다는 '관계 내구성설', 깨나 놀아본 쉬운 여자로 보일 위험이 있다는 '경량 이미지설' 등 여자가 먼저 대시하는 것을 자제시키는 온갖 설들이 오랜 시간동안 전해져왔다.

물론 여자가 구애한다고 애정이 반감되는 건 아니다. 여자가 먼저 사귀자고 하는 게 오히려 반갑다고 말하는 남자들도 많다. 하지만 아직까지는 여자가 적극적으로 행동하는 것을 경계하는 분위기가 지배적이다. 소개팅 주선을 받고 약속을 정하기 위해 첫 통화를 할 때, 애프터 신청을 할 때, 데이트를 청할 때, 사귀자고 말할 때 등 연애의 전환점마다 여자는 일단 조신하게 기다려본다.

어릴 때는 미처 몰랐는데, 요즘 이런 생각이 든다.

'남자도 참 떨릴 텐데.'

관계가 괜히 어색해질까 봐, 고백했다가 거절당할까 봐 걱정이 드는 건 성별과 상관없는 보편적인 마음의 작동 원리다. 마음이 받아들여질지, 아니면 걷어차일지 결과를 알 수 없는 상황에서 누군가에게 진심을 내보인다는 건 분명 큰 용기다. 남자라고 모두 용기를 장착하고 태어나진 않았을 거다. 태생적으로 심성이 소심한 남자들에겐 '용기 있는 자가 미인을 차지한다' 따위의 격언이 얼마나 커다란 벽처럼 여겨질까. 그 벽 앞에서 얼마나 자책할까. 술집에 걸린 달력처럼 닳아빠진 상투성밖에 남지 않은 저런 류의 격언은 왜 그리 힘이 센지.

소개팅 애프터에 8개월이 걸린 적이 있다. 나는 5년 차 잡지 기자였고, 그는 프리랜서로 잡지에 글을 기고하며 소설을 쓰고 있었다. 주관이 뚜렷하고 글을 잘 쓰는 남자에게 마음이 쉽게 물러지는 내 취향은 그날도 어김없이 발휘되었다. 호기심에 들떠 내 이야기를 술술 풀어놓았다. 그는 또래 취향인 정이현이 아니라 중년 취향인 박완서를 좋아하는 나를 신기하면서도 호감 있게 바라보았다.

대화는 즐거웠다. 하지만 헤어질 때 그의 표정은 왠지 지치고 슬퍼 보였다. 다시 만나자는 연락은 없었다. 아, 내가 별로였구나, 생각했다.

8개월쯤 흐른 뒤, 소개팅 주선자가 소규모로 연 크리스마스 홈파티에 나와 그가 모두 초대됐다. 그사이 그는 방송국 직원이 되어 있었다. 애인 없는 사람은 우리 둘뿐이었고 나머지 파티 멤버는 모두 짝이 있었다. 정확히 누구의 의도인지 알 순 없었지만 어쨌든 그곳에서 그를 다시 만났다.

보드카를 만만하게 보면 안 된다며 호스트가 으름장을 놓았지만 나는 술 조금에 오렌지 주스가 콸콸 들어가는 음료수가 뭐 그리 독하겠느냐며 벌컥벌컥 마시다가 초저녁부터 만취하고 말았다. 사람들과 대화다운 대화도 하지 못하고 혼자 방에 들어가서 뱅글뱅글 도는 침대를 원망하다가 잠이 들어버렸다.

한두 시간쯤 흐른 뒤 정신을 차린 내가 집에 가야겠다고 문을 나서자 그가 서둘러 따라나왔다. 왁자지껄 웃고 떠드는 사람들의 목소리와 흥겨운 음악에서 벗어나 서늘한 밤의 정적을 들이마시니 감각의 촉수에 생기가 돌았다. 몸속에 남아 있는 보드카가 연료가 되어준 것인지, 함께 걷고 있는 옆 사람 때문인지 마음이 열기구처럼 두둥실 떠올랐다. 한참 걷다가 그가 낮은 목소리로 천천히 말했다. 8개월 전에는 내세울 것이 하나도 없는 백수라서 다가가지 못했다고. 이제 자격을 갖춘 것 같다고.

여기까지 이야기하면 대부분의 사람들이 "사람 괜찮네!" 탁자를 탁 치며 감탄한다. 나는 어차피 그 사람의 생각에 호기심이 있었기 때문에 소개팅 직후에 애프터를 청했어도 받아들였을 거라고 답하긴 했지만 8개월을 기다린 그의 선택이 내심 자랑스러웠던 것도 사실이다.

그와는 1년 조금 넘게 연애를 하다 헤어졌고, 시간이 흘러 나는 30대 중반이 됐다. 지금은 조금 다른 관점으로 그때를 회상한다. 과거엔 자랑스러웠지만 지금은 의아하다. 왜 나는 당연하다는 듯 기다리고 있었을까.

상대의 직업이나 사회적 지위, 앞으로 예상되는 경제적 수입에 관심이 있었던 게 아니라 그의 생각과 사고방식, 글 속에서 드러나는 됨됨이에 관심이 있었다면 8개월 동안 아무것도 하지 않고 기다릴 게 아니라 내가 먼저 연락을 하면 될 일이었다. 의도하지 않았지만 그의 입에서 '자격'이란 말이 나오는 데 나 역시 일조한 바가 있다.

자격이라는 말은 필연적으로 거래를 떠올리게 한다. 그래서 슬프다. 사랑에 빠질 때도 각자 가지고 있는 성품, 능력, 재산을 탈탈 털어서 일괄적인 화폐단위로 환산한 다음, 그 차이가 상호 간에 수용가능한 수준인지 따져봐야 하나 싶다. 나의 교환가치는 얼마인데 그 수준에서 저 정도 사람이면 시장에서 발견할 수 있는 최적의 대상이다. 자, 이제 사랑에 빠지자. 이런 건가?

미혼인 여자 후배들과 있으면 이런 푸념을 자주 듣는다.

"선배, 나보다 좀 떨어지는 남자들만 나 좋다고 다가오고, 좀 괜찮다 싶은 남자들은 벌써 누가 다 채갔더라고요."

이 말에서도 거래의 냄새가 솔솔 풍긴다. 직업, 사회적 지위, 드러난 재산 (혹은 추정 가능한 재산), 눈에 보이는 외모 등 부지런히 채점표를 작성하며 교환가치를 환산한다. 그러고는 자신보다 조금 더 나은 남자가 다가와 고백해주길 조신하게 기다린다. 알파고가 바둑 두는 시대에도 《오만과 편견》시대의 짝짓기 방식은 통한다.

20대 때는 사랑은 당연히 '빠지는 것'이라고 생각했다. 단 한 명의 짝을 발견하는 게 어려울 뿐이지 발견만 하고 나면 그 뒤는 알아서 풀려가는 거라고 믿었다. 일기장에다 말고는 아무 데도 말할 수 없는 부끄럽고 지난한 연애사를 거쳐 사랑에도 공부와 훈련이 필요함을 받아들이게 되었다.

이제는 어렴풋이 안다. 사랑은 수동형으로 말하지 않는다. 사랑은 빠지는 게 아니라 하는 것이다. 어떻게 하면 받을 수 있는지가 아니라 어떻게 하면 줄 수 있는지 질문하는 게 사랑의 자세다. 사랑은 능동이다.

존 윌리엄 고드워드가 그린 그림 속 여자들은 '기다리는 존재'다. 누군가 자신을 바라봐주길, 아껴주길, 가져주길 기다린다. 꽃잎을 한 장 한 장 떼어내면서 "그는 나를 사랑한다. 사랑하지 않는다. 사랑한다. 사랑하지 않는다" 점을 쳐보는 여자들처럼 옅은 근심이 얼굴 위에 퍼져 있다. 이 근심의 안쪽으로 조금씩 들어가보면 질문은 이렇게 형태를 바꾼다.

"그는 나를 사랑하나요?"
"그가 절 사랑해줄까요?"
"저는 사랑받을 만한가요?"

* In the Days of Sappho, John William Godward, 1904, 73,5×58,5cm, Getty Center

* A Roman Beauty, John William Godward, 1912, 40.6×50.5cm, Private Collection

고백의 순간에 우리가 궁극적으로 묻고 싶은 것은 아마도 저 마지막 문장일 것이다. 사랑받을 자격에 관한 확신. 에리히 프롬<sup>Erich Pinchas Fromm</sup>은 《사랑의 기술》에서 이렇게 썼다.

"우리는 또한 '사랑받지 못하는 것'을 의식적으로 두려워하고 있을 때에도, 비록 대체로 무의식적이기는 하지만 진정한 공포는 '사랑하는 것에 대한 공포라는 것'을 깨닫게 될 것이다. 사랑한다는 것은 아무런 보증 없이 자기 자신을 맡기고 우리의 사랑이 사랑을 받는 사람에게서 사랑을 불러일으키리라는 희망에 완전히 몸을 맡기는 것을 뜻한다. 사랑은 신앙의 작용이며 따라서 신앙을 거의 갖지 못한 자는 거의 사랑하지 못한다."

_에리히 프롬, 《사랑의 기술》, 문예출판사, 2000

나에게 이바지하기 위해서가 아니라 그 자신을 위해서 성장과 행복을 누리길 소망하는 마음, 나의 살아 있는 것(기쁨, 애정, 우애, 슬픔, 앎, 견해)을 상대방에게 줌으로써 그를 풍요롭게 만드는 것이 사랑이라는 걸 안다면 내 사랑이 그 사람에게서 사랑을 불러일으키리라는 희망에 완전히 몸을 맡길 수 있다고 에리히 프롬은 말한다.

사랑받지 못할 것이라는 두려움이 커지는 이유는 그렇게 순수한 사랑의 감정을 온전히 믿지 못하기에, 그러니까 나에게 어떤 식으로든 이바지할 사람을 기다리는 계산된 마음을 모두 버리는 게 어렵기 때문이라는 프롬의 사유가 마음을 쿡쿡 찌른다.

프롬은 순수한 사랑은 한 사람과의 관계만 의미하는 것이 아니라 세계 전체와 관계 맺는 방식을 의미한다고 했다. 진실로 사랑할 능력을 갖춘 사람은 연인뿐 아니라 이웃, 동료, 인류까지 사랑할 수 있다고, 무엇보다 자기 스스로와의 관계를 사랑으로 맺어나갈 수 있다고 했다.

그런 고결한 사랑을 나도 간절히 꿈꾸지만 그 단계에 쉽게 이를 수 있을 거라고 기대하진 않는다. 툭 하면 흔들리고 퍽 하면 살 길을 계산하는 지극히 평범한 정신세계를 가졌기 때문에 부단히 노력해야 한다. 프롬 자신도 몇 번이나 사랑의 실패를 겪고 45세가 넘어서야 그 경지에 이르렀다고 하니 나는 넉넉하게 50세쯤이면 되지 않을까 생각하며 옆자리에 누운 남편을 힐끔 쳐다본다.

"사랑한다는 게 무얼 한다는 뜻 같아?"

똘망한 눈으로 묻자 이런 답이 돌아온다.

"졸려. 자자."

괜찮다. 그래도 사랑하련다. 나에겐 수련할 시간이 아직 15년 남았다.

* Yes or No, John William Godward, 1893, 84.5×153cm, Hessisches Landesmuseum, Darmstadt

* When the Heart is Young, John William Godward, 1902, 101.6×51.4cm, Private Collection

여기 한 사람이 있습니다.

의자에 기대 비스듬히 내려앉은 오른쪽 어깨를 톡톡 쳐봅니다.
그녀는 고개를 돌리지 않고 고집스레 앉아 있습니다.
단념하고 그녀의 뒷모습을 바라봅니다.
맑으나 가녀리지는 않고
단정하지만 단조롭지는 않은 하얀 목덜미를 봅니다.
똑딱똑딱, 시계 초침 소리가 텅 빈 방 안을 가득 채웁니다.
벽에 부딪혀 돌아온 초침의 메아리가
창밖 창공 속으로 퍼져나갑니다.


지금은 몇 시일까요?
우리가 함께 있는 이곳은 어디일까요?
그녀는 지금 무엇을 바라보는 걸까요?

그녀의 뒷모습은 마법입니다.
눈에 보이는 물리적 세계를 벗어나
무한한 시간의 좌표 어딘가에 불시착하게 만드는 주문입니다.

**당신은 지금 어디에 도착했나요?**

* Interior with Young Woman Seen from the Back, Vilhelm Hammershøi, 1903~1904,
  51.5×61cm, Museum of Art, Randers

# Q :
## 그 사람의 뒷모습을
## 본 적 있나요?

### A : 안녕하세요, 이다 씨

당신을 처음 발견했을 때, 넋을 놓고 한참 동안 당신을 바라봤습니다. 공간 안에 은은하게 퍼져나가는 신비로운 빛과 색감, 어두운 원피스와 대조를 이루는 하얀 목덜미. 분명 일상적인 공간이지만 이 세상에 존재하는 공간이 아닌 것 같은 몽환적인 분위기에 완전히 반해버렸거든요. 당신은 누굴까, 얼굴을 돌렸을 때 어떤 표정을 짓고 있을까, 말투는 어떠할까, 오후 몇 시쯤의 풍경일까. 제 머릿속은 우수수 쏟아지는 질문들로 가득 찼답니다.

그 끌림을 좇아 화가 빌헬름 하메르쇠이Vilhelm Hammershøi가 창조해낸 작품 세계에 발을 들였고, 당신의 이름도 알게 됐지요. 이다 하메르쇠이Ida Hammershøi, 화가의 아내.

빌헬름이 그린 당신의 뒷모습은 60여 점에 달합니다. 인물을 그리는 화가들은 대개 피사체의 심리를 표현하는 데 관심이 있습니다. 얼굴은 심리를 드러내는 가장 좋은 도구고요. 그런데 빌헬름은 사랑하는 아내의 얼굴이 아닌 뒷모습을 열심히 응시했습니다. 그는 무슨 말을 하고 싶었던 걸까요?

예전에 한 팀에서 일하던 에디터 선배에게 오랜만에 메일을 썼다. 삼사 년 만인 듯했다. 소심과 무심이 섞인 성격 탓에 지인들에게 먼저 안부를 전하거나 살갑게 만남을 청하는 일이 거의 없지만, 꿈에 누군가가 등장했다거나 갑자기 옛 추억이 떠오르면 불쑥 메일을 쓴다.

선배는 답장에서 근황을 전하면서 마지막에 이런 말을 덧붙였다.

'건강하렴. 어디서든 최혜진답게 잘 살 거라 믿어서 별 걱정은 안 든다.'

어딘지 익숙한 이 문장. 그랬다. 난 자라면서 저 이야기를 꽤 여러 사람에게 다양한 경로를 통해 반복해 들었다.

선배의 답장 덕분에 나에게 비슷한 이야기를 해주었던 지인들이 기억 저편에서 하나둘 소환됐다. 다음은 그 회동의 결과물이다.

| 장면 1 |

열아홉, 집에서 멀리 떨어진 포항으로 유학 가는 딸에게 아빠가.

"넌 혼자서 다 잘하니까…… 아빠는 너를 믿는다."

당시 내 안에는 마냥 부비고 기대고 사랑받고 싶은 어린아이가 마음 이곳저곳을 헤집고 다녔는데 부모님은 그 사실을 잘 모르셨다. 어쩌면 알면서 모르는 척하셨을지도 모르고. 엄마는 응석과 어리광이라면 질색하셨으니까.

## | 장면2 |

스물셋, 내 생애 첫 대형 스캔들이 터졌을 때.

"넌 겉으로 보면 찬바람이 쌩쌩 부는 사람이니 내면은 따뜻하고 말랑하게 채워야 한다"며 조언해주셨던, 무척 좋아했던 교수님께서 써주신 메일 마지막에 덧붙이신 한 마디.

"지금 당장은 많이 힘들겠지만 최혜진답게 잘 헤쳐나갈 거라고 믿는다."

당시 컴컴한 나락으로 내동댕이쳐진 것 같았던 나는 "저답게 잘 헤쳐나가는 게 도대체 뭔데요?" 되묻고 싶었지만 그러지 못했다.

## | 장면3 |

스물여섯, 2년 정도 만났다 헤어졌다를 반복하며 서로의 오장육부를 모두 내보였던 연애가 끝나고 크리스마스에 도착한 마지막 편지에 쓰여 있던 말.

"넌 일상의 권태에 지지 않을 아이니까 크게 걱정은 안 된다."

그때 나는 회사에서 일하다가 툭 하면 화장실에 가서 울고, 새벽에 쓰러져 잠들 때까지 주인 잃은 강아지처럼 온 동네를 서성였는데. 권태는커녕 일상의 작은 감정조차 감당이 되지 않았는데.

| 장면 4 |

스물여덟, 단짝 친구가 독한 말로 심장을 난도질했을 때.

서럽게 울면서 집에 돌아온 뒤로 한동안 그 아이와 만나지 않았다.

1년 후 다시 만난 그 친구로부터 들었던 말.

"잘 지냈구나. 너는 뭐, 늘 너답게 잘 살 줄 알았어."

그 친구와 소원했던 1년간 협소하긴 해도 나름 깊이가 있다고 자부했

던 내 인간관계를 총체적으로 의심하게 되었는데도.

| 장면 5 |

스물아홉, 두 번째 갑상선 암 수술 날짜가 잡히고 고향에 있는 엄마와

통화 중.

"검사하고 수술 날짜 잡는 걸 딸 혼자 해서 어쩌나. 엄마가 같이 있어

줘야 하는데. 그래도 지금까지 늘 혼자 잘해왔으니까."

병원에 올 때마다 벌벌 떨리더란 이야기, 세침 검사를 할 때는 철사

심처럼 두꺼운 바늘로 목을 들쑤셔서 시퍼런 멍이 들었다는 이야기,

혼자 입원 수속을 밟을 땐 온 우주에 나 혼자인 듯 외롭더라는 이야기

는 차마 엄마에게 하지 못했다.


타인의 말 속에서 나는 강하고 다부진 여자다. 혼자서 씩씩하게 뭐든

알아서 잘하고 남에게 걱정 끼치지 않는 여자. 어느 정도는 맞는 말이다.

학창 시절에는 성인이 되어 자립할 날을 간절히 기다렸고, 성인이 되고

나서는 타인에게 기대지 않고 독립적인 삶을 꾸리고자 안간힘을 썼다. 경

제적·정서적·일상적인 면 모두에서 독립적인 여자가 되고 싶다는 강한 열망이 있었다. 나의 외연은 바라던 이미지대로 두툼해졌다. 내면에 있던 응석, 불안, 위태로운 것들은 능숙하게 감추어졌다.

가끔 미혼의 동생들이 질문한다. 왜 남편과 결혼하기로 마음먹었는지. 전 남자친구들과 남편의 결정적 차이가 뭔지. 그러면 나는 이렇게 답한다.

"그 사람에게는 기대고 부비고 응석 부리고 싶은 모습까지 보여줄 수 있거든."

결혼 전엔 가방을 들어주려 하는 남자들 앞에서 질색했다. "내 짐인데 왜 네가 들어?" 반문했다. 남편에게는 가장 무거운 가방을 맡긴다. 결혼 전엔 시시콜콜한 일상을 공유하는 잦은 연락을 싫어했다. 하루에 겨우 한 번 문자를 보내는 여자친구였다. 이제 남편이 시시콜콜한 일상과 감정을 모두 내게 털어놓아주기를 바란다. 결혼 전엔 혼자 하는 여행이 좋았다. 항공편, 교통, 숙소를 스스로 알아보고 예약하는 걸 당연히 여겼다. 남편과 함께 살면서 여행 준비는 그의 몫이 됐다. 결혼 전엔 공과금을 따박따박 잘 챙겼다. 남편과 살면서부터 전기, 수도, 인터넷 요금 청구서를 내 이름으로 받지 않는다.

집에 벌레가 나타나면 쏜살같이 잡아주기를, 비행기나 버스, 기차를 타면 당연히 창가 자리는 나에게 양보해주기를, 내가 산책하고 싶을 때 늘 같이 나가주기를, 기분이 안 좋으면 무조건 내 편을 들어주고 투정을 받아주길 바라며 남편과 산다. '예전에는 혼자서 어떻게 했더라?' 기억을 더듬어보면 전생의 일처럼 까마득하다. 오랫동안 일궜던 자립의 감촉을 잃었지만, 그 상실이 그리 나쁘게 느껴지지 않는다. 내 안에서 휘몰아치는 총천연색 감정을 자연스럽게 내보일 수 있는 사람이라 그의 곁에서는 늘 안도한다.

빌헬름 하메르쇠이는 꾸밈과 장식을 싫어한 덴마크 화가다. 그림 속에 반복해 등장하는 빌헬름과 이다의 아파트에는 단촐한 가구와 집기만 놓여 있다. 둘 사이에 아이가 없었다는 사실을 감안해도 이 정도면 의도된 여백과 미니멀 라이프다.

빌헬름이 남긴 그림들이 정적이라 외부 세계와 교류를 모두 차단한 자폐적 작가로 오해받기도 하는데 실제 부부의 삶은 동적이었다. 빌헬름은 유럽 각 도시를 여행하며 자신만의 색깔을 찾아나갔고 이다가 늘 곁을 지켰다. 둘은 파리에서 수개월 머물기도 했다. 빛과 색채가 홍수를 이루며 미술계 전반에 거대한 변화를 불러온 후기 인상주의를 만난 것도 파리에서였다. 빌헬름은 후기 인상주의에 대해 이런 평을 남긴다.

"대부분의 그림이 하찮은 농담 같다."

부인 이다도 파리를 싫어하긴 마찬가지였다. 시어머니에게 보낸 편지에서 이렇게 쓴 것을 보면.

"저녁을 먹고 이따금 파리 사람들을 구경하러 거리를 산책합니다. 파리의 여성들은 옷에 온갖 치장을 하고 얼굴에 짙은 분칠과 화장을 해요. 정말 끔찍한 광경이지요."

* Interior in Strandgade, Sunlight on the Floor, Vilhelm Hammershøi, 1901, 52×46,5cm,
  National Gallery of Denmark, Copenhagen

* Interior of Courtyard, Strandgade 30, Vilhelm Hammershøi, 1899, 47×66cm,
  The Toledo Museum of Art, Ohio

꾸밈을 싫어하고 본질에 다가가길 원한 빌헬름 하메르쇠이는 유행에 결코 휩쓸리지 않았다. 파리에 머물렀으나 후기 인상파 화가들에게 단 1퍼센트의 영향도 받지 않은 매우 드문 화가였다. 빈센트 반 고흐조차 초창기 네덜란드 시절에는 어두운 밤색 계열의 그림만 그리다가 프랑스에 머물면서 화사한 색채에 눈을 떴다. 하지만 하메르쇠이는 우직하게 회색만 탐구했다.

코펜하겐의 히르슈스프룽 미술관 Hirschsprung Collection 에서 하메르쇠이가 쓰던 팔레트 사진을 본 적이 있다. 오직 흰색과 검정 사이 회색으로만 채워진 팔레트. 미묘하고도 모호하게 존재하던 수많은 층위의 농담濃淡. 이 세상 어느 화가의 것과도 닮지 않았던 유일한 세계. 그의 팔레트를 보며 생각했다. 이것 아니면 저것, 흰색 아니면 검은색, 찬성 아니면 반대, 성공 아니면 실패, 1등 아니면 '루저'라고 잘라 단정하며 사람들을 궁지로 몰아넣는 폭력이 횡횡하는 지금, 우리에게 필요한 건 어쩌면 회색으로도 충분히 아름다울 수 있다고 말하는 목소리, 회색이 품고 있는 그 넓디넓은 가능성의 공간인지도 모르겠다고.


거울이 있다. 그 앞에 선다. 손을 들어 머리를 매만진다. 원하는 대로, 꾸미고자 하는 대로 치장을 할 수 있다. 앞모습은 의도할 수 있고, 그렇게 의도된 앞모습은 늘 무엇인가를 주장한다. 뒷모습은 그렇지 않다. 거울을 등지고 서면 우리는 스스로의 모습을 볼 수 없다. 작은 손거울로 비춰 보아야 겨우 반사된 뒷모습을 볼 수 있다. 등을 향해 아무리 팔을 뻗어봐도 중심에 가닿지 않는다. 등은 손이 통제할 수 있는 영역 밖에 있다. 그래서 뒷모습은 거짓말을 하지 못한다. 주장하지 않는다. 미셸 투르니에<sup>Michel</sup>Tournier가 《뒷모습》이라는 책에서 말한 것처럼.

"그래서 어쩌면 '뒷모습'은 여기서 그 참다운 비밀을 드러내는지도 모른다. 그 빈약함 때문에 오히려 효과적이고, 간결해서 오히려 웅변적이고, 약점이 강점이 된다. 등이 말을 한다. 그러나 반만, 사 분의 일만, 들릴 듯 말 듯한 목소리로 말한다. 여기는 생략, 은연중의 말, 빗대어 하는 말, 암시의 세계다."

_미셸 투르니에, 《뒷모습》, 현대문학, 2002

이다 하메르쇠이는 평생 외롭지 않았을 것이다. 스스로 볼 수 없는 미지의 자신, 무방비 상태에 드러나는 자신의 본질, 확인하기도 어렵고 만질 수도 없는 '내가 어쩌지 못하는 나'까지 바라봐주고 알아주고 아껴준 사람이 곁에 있었으니까. 등을 안심하고 내보일 수 있는 동반자가 있었으니까.

빌헬름이 그린 이다의 뒷모습은 모호하고 비밀스럽다. 하지만 그 안에 존재하는 사랑은 명백하고 확실하다.

○
**빌헬름 하메르쇠이** Vilhelm Hammershøi, 1864~1916
19세기 말부터 20세기 초까지 프랑스 파리 및 유럽 각국을 돌며 그림을 연마했지만 폭발하는 색의 에너지로 가득했던 당대의 유행과 전혀 관계없는 회색빛의 작품만 그린 독특한 덴마크 화가. 인파가 모두 사라진 도심, 뒷모습만 보여주는 인물 등 비움과 침묵으로 말을 거는 신비로운 예술가다.

* Interior with Ida in a White Chair, Vilhelm Hammershøi, 49×57cm, Private Collection

* The Four Rooms, Vilhelm Hammershøi, 1914, 70,5×85cm, Ordrupgaard, Copenhagen
** Interior with Ida Playing the Piano, Vilhelm Hammershøi, 1910, 61.5.5×76cm,
  National Museum of Western Art

20세기 초반에 활동한 영국 화가
프레더릭 윌리엄 엘웰Frederick William Elwell이 그린
노부부의 초상입니다.


격식을 갖추어 입은 검정색 옷,
근엄하고 당당한 표정으로 펜을 들고 있는 남편의 기품과
아내의 목에 겹으로 두른 진주 목걸이, 섬세한 레이스 드레스,
집안 장식에서 두 사람이 부유한 사회지도층이라는
사실을 유추해볼 수 있습니다.
둘은 어떻게 만났을까요? 누가 먼저 사랑에 빠졌을까요?
연애편지를 주고받으며 얼마나 달뜬 밤을 보냈을까요?
슬하에 자녀는 몇 명이나 두었을까요?
어떤 일로 부부싸움을 했을까요? 싸우고 나서 화해할 땐,
어떤 근사한 말로 서로의 마음을 풀어주었을까요?


이쯤에서 한 가지 사실이 분명해지지 않나요?
나열된 모든 항목을 충족시키기란 무척 어렵다는 점 말예요.

사랑해서 결혼하고 가정을 꾸렸다 해도
'행복한 부부는 이럴 것이다' 혹은 '이래야 한다'는
관념대로 살아가기가 쉽지 않습니다.

그 이유는 뭘까요?

* Canon Fisher and his Wife, Frederick William Elwell, 70×90cm, Beverley Art Gallery

## Q:

결혼 생활
행복한가요?

**A : 울고 있는 당신께**

말을 걸기조차 힘든 깊은 슬픔과 고통이 당신을 감싸고 있습니
다. 그림의 세계엔 소리가 없지만 저는 울음소리를 들은 것 같은
느낌입니다. 그 울음소리가 저 구석 어둡고 차가운 벽에 부딪혀
빈 공간에 낮은 파동을 일으키고 있습니다. 물결처럼 퍼져나간
후 더 큰 울림이 되어 돌아온 울음소리가 당신의 귀에 꽂힐 때,
이 방 안에 당신 외에 그 누구도 없다는 사실을 체감할 것이고,
세상에 혼자 남겨진 듯한 서러움까지 더해지겠지요.
슬퍼하는 여자를 그린 그림은 많이 보았지만 이토록 절절한 그
림은 처음이었습니다. 왜 하필 웨딩드레스인지. 누군가의 아내
가 되는 날, 둘의 앞날이 행복하고 찬란하기를 가장 뜨겁게 염원
하는 순간을 상징하는 환한 드레스 앞에서 무슨 이유로 서럽게
우는 건지, 심지어 암흑처럼 까만 드레스를 입고서 말예요. 이
드라마틱한 대비에 저도 덩달아 깊은 탄식을 쏟아내고 말았습
니다.

화가는 당신의 사연을 관람자의 몫으로 남겨두었습니다. 많은
상황을 상상할 수 있을 겁니다. 전쟁터에 나간 남편의 부고를 전
해 듣고 옷장 깊숙이 보관했던 웨딩드레스를 꺼내보았거나 결

* The First Born, Frederick William Elwell, 1913, 127×102cm, Ferens Art Gallery, Hull

혼을 약속했던 약혼자가 일방적으로 이별을 통보해 울고 있는 것이라고 상상해볼 수도 있고요.

제 상상 속에서 당신은 결혼 10년 차 무렵의 한 여성이었습니다. 가슴 한가운데 뻥 뚫려버린 구멍을 보며 할 수 있는 일이라곤 '내가 생각했던 결혼 생활은 이런 게 아니었는데' 하며 서러워하는 게 전부인 사람. 어린 시절 보았던 엄마의 모습이 포개졌습니다.

어릴 때 엄마는 눈물을 쉽게 보여주지 않았습니다. 당신처럼 서럽게 우는 모습을 제가 직접 본 적은 없어요. 오히려 강한 사람이었죠. 시장에서 단돈 100원을 깎기 위해 집요하게 흥정을 하면서 억척스럽게 두 딸을 키웠습니다. 30대 후반의 엄마는 어휴, 어휴, 한숨을 달고 살면서 밤마다 연탄불을 갈았고, 가족의 삼시 세끼를 모두 만들어 먹이면서 매일 청소를 했습니다. 바닥에 머리카락 하나 떨어진 걸 보지 못하는 분이셨어요.

어린 딸의 눈에 부지런함과 히스테리를 넘나들던 엄마의 젊은 날은 그리 행복하지 않아 보였습니다. 당신처럼 주저앉아 울고 싶은 심정을 꾹 참고 있는 듯 보였어요.

언니와 옷장 속에 들어가 놀다가 엄마가 숨겨둔 연애편지함을 발견한 적이 있어요. 그 상자엔 결혼 전 아빠가 엄마에게 보낸 연애편지가 차곡차곡 정리되어 있었습니다. 반듯반듯한 글씨로 일상의 안부를 전하고 마지막에 슬쩍 애틋한 마음을 더하는 아빠의 연애편지를 보면서 저와 언니는 키득거렸고 새삼 안도했습니다. 아, 우리 엄마 아빠가 사랑해서 결혼했구나. 어찌나 마음이 놓이고 기쁘던지요.

젊은 시절, 부모님은 자주 싸웠습니다. 언니와 제가 질색하는 학습지 구독을 계속할지 말지 의논하다가 싸우고, 몇 해 전 친척들이랑 같이 놀러간 추억담을 기분 좋게 나누다가 돌연 '내 기억이 맞네. 네 기억이 맞네' 다투기도 했죠.
지금이야 별것 아닌 듯 이야기할 수 있지만 그때는 안방에서 크고 날카로운 소리가 들려올 때마다 발을 딛고 선 지축이 흔들리는 것 같았습니다.
두 분이 하도 싸워서 저는 부모님이 서로를 사랑하지 않는다고 철석 같이 믿었어요. 어느 날, 엄마에게 이렇게 묻기도 했죠.
"엄마, 아빠랑 맨날 싸우면서 왜 같이 살아?"
"야, 너네 때문에 같이 살지!"
본전도 못 찾았습니다.

자식 때문에 참고 산다던 엄마는 화장대에 늘 결혼식 사진을 올려두었습니다. 아빠는 회색 양복을 입고 활짝 웃고 있고, 엄마는 하얀 웨딩드레스를 입고 다소곳하게 아빠의 팔짱을 끼고 있는 사진이었어요. 엄마는 결혼 생활이 아름다울 거라고 믿었던 그 시절을 애틋하게 여겼습니다. 그리워했어요. "행복한 부부는 이래야 한다던데"라며 뭔가 부족하게 느껴지는 날이면 우리의 현실은 문제가 있다고, 다른 집은 이러지 않는다면서 아빠에게 각성을 요구했습니다. 그시절 엄마는 일상 중에 불쑥불쑥 느껴지는 결혼 생활의 실체에 배반감을 느끼고 있었습니다. 그 배반감이 때로는 화로, 때로는 히스테리로, 때로는 잔소리로 토해져 나왔던 것 같아요.

미혼이었던 20대 때 생각했어요. 절대 엄마 아빠 같은 부부는 되지 않으리라. 사소한 일에 죽자고 달려들며 자신이 우위에 있음을 증명하지 않으리라. 결혼 10년 차, 20년 차에도 서로를 사랑스러운 눈길로 바라보며 식사 시간에는 친밀한 대화가 이어지는 관계를 유지하리라. 사랑한다는 표현을 아끼지 않으며 살리라. 그래서 회사의 유부남 동료나 상사가 "오늘 마누라가 애들 데리고 친정 갔다"고 하면서 세상을 다 가진 듯 음흉하게 웃을 때, "가족하고는 손만 잡고 자는 거야" 하면서 '섹스리스 부부'임을 아무렇지도 않게 밝힐 때 솔직히 이렇게 생각했어요.

'꼭 저렇게 위악적으로밖에 말할 수 없나? 사랑해서 결혼해놓고 왜 저래?'

직접 결혼 생활을 해보고 나서야 깨우쳤습니다. 기혼자라는 사람들은 배우자가 없는 자리에서 그런 농담을 하면서 통쾌함을 느끼는 그 작디작은 해방구를 가질 권리가 있다고요. 또 우리 엄마 아빠가 특별히 문제 있는 부부가 아니었다는 점도 알았어요. 자식 때문에 참으며 살든 푸념을 늘어놓으며 살든 어쨌든 헤어지지 않기로 결정하고 한 번의 외도도 없이 서로의 곁을 40년 가까이 지켜낸 힘의 원천은 누가 뭐래도 '사랑'이라고요.

웨딩드레스 앞에서 주저앉아 울고 있는 당신의 그림은 화가 프레더릭 윌리엄 엘웰의 작품 가운데 눈에 띌 정도로 다른 정서를 담고 있는 작품입니다. 엘웰은 후대의 비평가들에게 종종 초콜릿 상자 예술을 했다는 비아냥을 받았습니다. 그림들이 장식적이고 지나치게 달콤하며 감상주의자적인 시각에 갇혀 있다는 겁니다. 영국 부유층 가정과 권력 기관의 일상을 주로 그린 그의 다른 작품은 대개 반들반들 윤이 나고, 가지런하고, 부유하며 귀티가 흐릅니다. 근심의 그림자는 깨끗하게 지워져 있습니다. '자, 이런 게 행복한 결혼 생활이지, 한번 보라고' 하면서 완벽한 모습을 과시합니다.

이상이 높을수록 비통함은 깊어집니다. 당신의 현실이 초라하고 어둡고 쓸쓸하게만 느껴지는 이유는 웨딩드레스로 상징되는 행복한 부부 생활에 대한 기대감이 지나쳤기 때문은 아닐까, '결혼이 내 모든 결핍을 채워줄 것'이라고 믿었던 탓은 아닐까. 이런 생각을 하게 된 이유이지요.

정 때문에 산다고 말하는 부부는 분명 문제가 있는 거라고 생각했어요. 하지만 정 때문에 사는 것도 사랑의 한 형태일 수 있다는 걸 알게 되었습니다. 부부는 최고의 소울메이트여야 한다고 생각했던 때도 있었습니다. 지금은 서로의 영혼 깊은 구석까지 모두 알아야겠다며 달려드는 것보다 모르는 채로 남겨두는 공간이 있어야 한다고 믿고 있습니다.

그렇다고 해서 모든 기대감을 다 버리고 밋밋하게 산다는 뜻은 아니에요. 사랑을 한다는 건 자신이 알고 있는 최고의 이상을 현실화하려는 야심찬 시도임에 분명하니까요. 달콤했던 로맨스의 시기가 끝난 뒤 남겨진 현실을 어떻게 받아들일 것인가의 문제, 거대한 이상과 남루한 현실 사이에서 차곡차곡 쌓여가는 실망감을 어떻게 처리할 것인가의 문제. 저는 그저 꾸준히 사랑하는 법을 날마다 새롭게 배워가고 있다고 말하고 싶네요.

마지막으로 제가 아는 결혼 생활에 대한 최고의 조언을 당신에게 보내고 싶습니다. 저에게 그랬듯 당신에게도 이 글이 통쾌한 해방구, 홀가분한 받아들임이 되길 바라며. 안녕히.

"결혼이란 '저절로 되는 것'이 아니라 스스로 만들어가야만 하는 것임을 알기를. 결혼 생활에는 언제나 훈련이 필요함을 알기를. 신혼 생활이 아무리 완벽해도, 언제든 그런 때가 올 것이니, 아내가 계단에서 굴러 다리가 부러졌으면 좋겠다고 바랄 날이 올 것임을 알기를. 아내도 마찬가지고. 하지만 시간만 준다면 그런 감정도 지나가는 법. (……) 결혼은 신문과 어떤 면에서 아주 비슷하다는 점을 잊지 말 것. 망할 것이 매년, 매일 새로이 만들어야만 함."

　　　　　　　　　　_레이먼드 챈들러, 《나는 어떻게 글을 쓰게 되었나》, 북스피어, 2014

○
프레더릭 윌리엄 엘웰 Frederick William Elwell, 1870~1958
영국 비벌리Beverley에서 두 번이나 시장직을 맡은 아버지 밑에서 태어나 비벌리 지방 곳곳의 풍경과 상류층 일상을 즐겨 그렸다. 왕립 아카데미의 일원으로 초상화가협회, 왕립유화협회 등의 기관 활동도 활발히 했다.

PART 4 。 **마음**이라는 **물음표**

최근에 누군가에게 꽃을 선물한 적 있나요?


반대로 생각해볼까요?
누군가에게 꽃을 선물받은 건 언제였나요?

마지막으로 묻습니다.
자기 자신에게 꽃을 선물해본 적 있나요?

* At the Flower Market, Victor Gabriel Gilbert, 38.1×46.4cm, Private Collection

# Q :

## A : 꽃을 고르고 있는 당신께

처음 이 그림을 보았을 때, 당신이 제게 이렇게 말을 거는 것 같
았습니다.

"꽃 좋아하세요?"

꽃다발이나 화분을 선물받는 순간은 물론 행복해요. 하늘하늘
가벼워서 금세 바스라질 듯한 꽃잎에서 폭발하듯 터져나오는
색과 생명력의 경이로움을 싫어할 사람이 얼마나 될까요. 하지
만 그 꽃이 다 시들고 나면 뒤처리를 해야 하는 것이 늘 귀찮았
어요. 빛나던 환희의 순간이 징글징글한 생활의 문제로 바뀌는
과정을 지켜보는 게 영 떨떠름했거든요.

한국 사람들은 당신의 조국 프랑스에 대해 말할 때, '낭만'이라
는 단어를 자주 사용해요. 프랑스를 향한 동경의 시선을 가만히
들여다보면 개성, 자유로움, 열정, 몽상 같은 정서적이고 이상적
인 가치들이 자아내는 감미로움에 대한 그리움이 느껴져요. 그
런데 궁금해요. 그곳에도 분명 '생활'이라는 게 있잖아요. 지극
히 현실적인 '생활'과 '낭만'은 어떻게 공존이 가능한가요?

'낭만이란 뭘까?'

순간 머릿속에 하얀 공백이 생긴다. '낭만 여행', '로맨틱 가이', '대학 생활의 낭만' 같은 관용어를 별생각 없이 보고 듣고 사용했는데 막상 뜻을 자문하니 뭐라 답해야 할지 모르겠다. 그래, 사전은 이럴 때 쓰라고 있는 것이다.

우리가 흔히 로망이라고 쓰는 단어 'roman'의 본뜻은 중세 시대 라틴어로 쓰인 통속 소설을 의미한다. 12~13세기에는 'romanz'라고 불렸는데, 상상력을 발휘한 서사 구조가 돋보이는 모험담, 극 중 인물의 성격과 감정을 묘사하는 데 집중한 전기적 소설을 일컫는 말이었다. 오늘날까지 불어로 로망은 소설을 의미한다.

문학 장르 가운데 하나였던 이 단어가 한국에서까지 폭넓게 쓰이게 된 것은 18세기 말에 등장한 낭만주의 사조의 영향이다. 프랑스의 국민 사전 《라루스》Larousse는 낭만주의romantisme를 고전주의에 대한 반발로 18세기 말에 등장한 문예사조라고 설명한다. 고전주의는 고대 그리스 로마 시대의 부활을 목표로 정확성, 균형감, 명석함을 추구했다. 반면 낭만주의는 이성보다는 감성을, 분석적 비평보다는 상상을 중시했다.

고전주의와 낭만주의의 차이를 군더더기 없이 뚝 떨어지게 설명한 훌륭한 책이 있다. 김형수 작가는 《삶은 언제 예술이 되는가》에서 두 사조를 이해시키기 위해 어릴 적 시골에서 보았던 동네 사진관 이야기를 들려준다.

졸업식 단체 사진을 생각해보자. 단 한 사람도 빠짐없이 전교생 얼굴을 담기 위해 사진사 입장에서는 명확한 질서를 요구한다. 턱은 내리고, 손은 계란 쥔 모양으로 쥐고, 어깨는 살짝 돌리게 하는 규범화된 틀. 이런 것이 고전주의적 창작 방식이다. 때문에 이런 단체 사진 안에는 각 개인의 개성이 잘 드러나지 않는다.

시간이 흘러 카메라가 보편화되었을 때, 동네 아이들은 꽃밭이나 놀이터에서 마구 찍은 사진 위에 사랑, 우정 따위의 단어가 들어간 요란한 스티커 장식을 했다. 그렇게 내면에 감추어둔 이상을 드러내고 싶어하는 태도가 낭만주의적 창작 방식이라는 설명이다.


김형수 작가의 탁월한 비유와 사전의 도움 덕에 낭만이라는 말에 깃든 뉘앙스를 이해할 수 있었다. 통제와 규칙에 대한 반항, 자유와 열정에 대한 무한한 긍정, 현실의 장벽에 아랑곳 않고 이상을 추구하는 몽상가적 기질, 능동적인 자기표현, 즉 낭만의 바탕에는 개인성에 대한 믿음이 있다.

이상을 신봉하는 낭만주의는 1848년 2월 혁명 이후 등장한 나폴레옹 3세(우리가 흔히 나폴레옹이라고 말할 때 떠올리는 사람은 나폴레옹 1세이고, 나폴레옹 3세는 그의 조카 샤를 루이 나폴레옹이다) 공화국에 대한 환멸과 실망감에 타격을 입는다. 엄중한 현실 인식 없이 이상만 부르짖어선 안 된다는 반성을 불러온 것이다. 이후 있는 그대로의 사실과 현실에 집중하자는 사실주의 사조가 탄생하게 된다. 시대의 모순을 고발하거나 주변 환경과 개인의 긴장 관계를 묘사하는 소설, 자연을 관념적으로 표현하지 않고 보이는 그대로 충실히 재현하는 그림 등이 사실주의 시대의 산물이다.

프랑스 화가 빅토르 가브리엘 질베르Victor Gabriel Gilbert는 19세기 말부터 제1차 세계대전이 발발한 1914년 전까지의 황금기를 의미하는 '벨 에포크'La Belle Epoque 시대에 활동했던 화가다.

'좋은 시절'이란 뜻에서 엿볼 수 있듯 벨 에포크 시기에 프랑스는 정치, 사회, 경제 모든 면에서 전에 없던 평화를 누렸다. 1889년 프랑스혁명 100주년 만국박람회를 기념하기 위해 세워진 에펠탑, 그랑팔레 등 지금까지 파리의 랜드마크 역할을 하는 주요 건축물이 모두 이 시기에 세워졌다. 근대 도시 파리가 점점 대도시로 발전했던 시기다.

예술사적으로는 사실주의와 인상주의가 공존했다. 카메라의 보급으로 회화에서 현실을 있는 그대로 옮겨놓는 것은 의미가 없어진다. 이에 일부 화가들은 빛에 따라 순간적으로 변하는 사물의 인상을 표현하는 데에서 돌파구를 찾았다. 감각적인 경험 그 자체를 최종적으로 추구하는 목표로 삼는 이런 경향이 인상주의다.

빅토르 가브리엘 질베르는 실내장식가의 견습공으로 일하면서 야간학교에서 그림을 공부했다. 사실주의 계보를 이은 그는 카페, 길가, 광장 등 파리 시민들이 생활하는 현장 곳곳을 누비며 그림을 그렸다. 덕분에 평화로웠던 벨 에포크 시대를 살았던 파리지엥의 일상을 가장 풍부하게

\* A Corner of the Fish Market in the Morning, Victor Gabriel Gilbert, 1880, 140×181cm,
Palais des beaux-arts, Lille

* Elegant in Flower Market, Victor Gabriel Gilbert, 67.3×64.7cm, Private Collection

기록한 화가로 여겨진다.

　질베르의 그림을 보고 있으면 그가 집착에 가까운 애정으로 특정한 두 장소를 즐겨 그렸음을 짐작할 수 있다. 바로 시장과 꽃집이다. 그에게 명예를 가져다준 것은 시장 그림이었다. 1880년에 발표한 〈아침 어시장의 한 모퉁이〉란 작품으로 비평가들에게 "일상적인 노동의 순간에서 강렬한 에너지를 포착해낸 대범한 작품"이라는 극찬을 받았고, 그로부터 17년이 지난 1897년에 프랑스 최고 훈장 중의 하나인 레지옹 도뇌르 5등급 슈발리에 훈장을 받았으니, 벨 에포크 시대를 온전히 느끼며 작품 활동을 한 화가라고 해도 과언이 아닐 것이다.

　그는 일생에 걸쳐 꽃 시장과 꽃집에서 벌어지는 소소한 사건, 꽃을 고르거나 파는 여성의 모습을 반복해 그리며 사실주의와 인상주의를 실험했다. 그가 그린 꽃 시장 풍경은 사람을 무장해제 시키는 힘이 있는데, 그 힘을 다른 말로 표현하라면 나는 낭만을 선택할 것이다. 질베르의 꽃집 그림은 우리가 '유럽의 낭만'이라는 말을 쓸 때 머릿속에 떠올리는 동경과 이상을 그대로 구현해놓은 것 같다.


　30대 초반에 한국을 잠시 떠나 프랑스와 벨기에에서 3년 동안 살았다. 여행의 공간이 아니라 일상의 공간으로 두 나라를 경험하며 체감했다. 그곳 사람들의 꽃 사랑은 대단히 인상적이다. 꽃집이 마음을 치료하는 약국 역할을 하는 것처럼 동네마다 약국 개수만큼 꽃집이 있다. 주택가 발코니에는 빠짐없이 베고니아 화분이 매달려 있다.

　2년에 한 번씩 열리는 'Flower Carpet' 행사는 혀를 내두를 정도로 엄청나다. 이 행사 날에는 브뤼셀의 상징과도 같은 광장, 그랑 플라스가 75만 송이의 꽃으로 뒤덮인다. 1971년 조경사 스토트만E.Stauteman이 벨기에 대표적인 수출 상품이었던 베고니아의 아름다움을 알리고자 시작했던 행사로 40여 년의 시간을 거쳐 전 세계 관광객을 끌어모으는 문화 행사로 거듭났다. 수십 명의 조경사가 가로 77미터, 세로 24미터의 넓은 광장에 꽃을 한 땀 한 땀 꽂고 나면 3일 동안 일반에게 공개된다.

　단 3일을 위해 그렇게 많은 꽃이 소모되고 결국 버려진다는 점이 처음엔 무척 찜찜했다. 그럼에도 부인할 수 없는 사실은 그곳을 찾은 사람들이 모두 만개한 꽃처럼 활짝 웃고 있었다는 것이다. 찰나의 순간을 강렬하게 기억하기 위해 꽃다발을 주고받는 모습을 떠올려보면 '음, 이건 굉장한 스케일의 꽃다발 같은 거구나' 고개를 끄덕이게 된다.

　일요일마다 집 앞 공터에 섰던 시장 또한 내가 무척 인상적으로 기억하는 공간이다. 아이를 업은 아빠, 유모차에 비닐봉지를 주렁주렁 매달은 새댁, 지팡이에 의지해 걷는 백발의 할머니까지 장보기의 마지막 코스는 당연히 꽃집이라는 듯 자연스럽게 꽃 한 다발씩을 산다. 지리멸렬한 생활의 문제가 아우성치는 시장이라는 공간 안에서도 낭만을 잊지 않는 사람들을 볼 때마다 자연스럽게 이 질문이 떠올랐다.

　'나는 나를 위해 꽃을 사본 적이 있던가?'

　우리는 흔히 유럽인의 생활을 떠올릴 때 낭만과 여유를 즐길 줄 안다는 말을 자주 한다. 일상 속 낭만과 여유는 '뒤처리의 귀찮음'을 핑계 대지 않을 때 싹튼다. 낭만을 '굳이' 챙기려는 의지가 생활 터전 안에 낭만의 자리를 확보한다. 이것이 유럽의 꽃집에서 내가 배운 것이다.

○

**빅토르 가브리엘 질베르** Victor Gabriel Gilbert, 1847~1933

프랑스 벨 에포크 시대의 서정을 담아낸 화가. 사실주의적 기법으로 파리 길거리 곳곳을 기록했다. 그의 작품을 보면 제1차 세계대전이 발발하기 전 파리의 황금기라고 불렸던 벨 에포크 시대의 생활상을 자세히 파악할 수 있다. 생전에 각종 살롱전에서 수상하는 등 충분히 영예를 누렸다.

* The Flower Market, Victor Gabriel Gilbert, 1880, 107.3×74.3cm, Private Collection
** A Flower Seller on Les Grands Boulevards Paris, Victor Gabriel Gilbert, 1880, 37.5×45.8cm, Private Collection

\*  Flower Seller Making Bouquets, Victor Gabriel Gilbert, 46.2×38cm, Private Collection
\*\* The Young Flower Seller, Victor Gabriel Gilbert, 55×46cm, Private Collection

프랑스 화가 에두아르 뷔야르 Edouard Vuillard 는
가정적인 실내 장면을 아름답게 그린 화가로 알려져 있습니다.
그림 속 인물들이 입은 옷엔 어떤 무늬가 있나요?
옷의 실루엣이 어떤 느낌을 전해주나요?

이제 인물들의 얼굴을 살펴보세요.
그녀의 얼굴도 그녀의 스타일만큼
많은 이야기를 하고 있나요?

* The Album, Edouard Vuillard, 1895, 204.5×67.9cm, Metropolitan Museum of Art
** Woman in a Striped Dress, Edouard Vuillard, 1895, 58.7×65.7cm, National Gallery of Art, Washington, D.C.
*** Vallotton at the Natanson's Home, Edouard Vuillard, 1897, 27.9×37.5cm, Private Collection

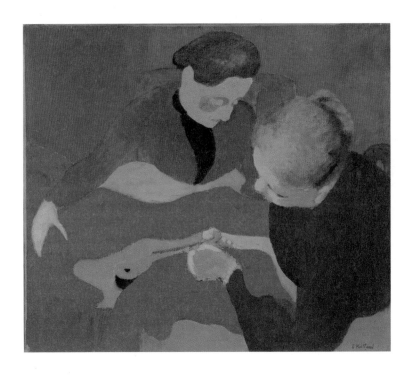

* Two Couturiers, Edouard Vuillard, 1890, 57.5×47.5cm, Private Collection

## 왜 옷은 매번
## 또 사고 싶을까요?

**A : 옷을 만들고 있는 뷔야르 여사님께**

파리 오르세 미술관, 뉴욕 메트로폴리탄 미술관 같은 유수의 미술관에서 작품을 소장하고 있는 화가 에두아르 뷔야르는 아마 여사님의 자랑일 겁니다. 잘나가는 아들인 데다 그의 작품 세계에 여사님이 미친 영향이 만만치 않으니까요.

에두아르의 할아버지와 삼촌은 옷감에 무늬를 새겨넣는 일을 했다지요? 가업을 이어받는 대신 화가의 길을 선택한 그는 평생 결혼하지 않고 독신으로 살았죠. 양장점을 하는 여사님과 한집에 살면서 자연스럽게 재봉사의 일상을 즐겨 그렸고, 인물화에서 직물의 무늬를 전면적으로 부각시키는 자신만의 독특한 화풍을 완성했습니다.

얼굴의 표정, 뺨의 홍조, 피부결 등은 거칠고 단순하게 표현하고, 입고 있는 옷이 그 사람의 개성을 가늠케 하는 유일한 힌트가 되는 그림, '사람'보다 '스타일'이 먼저 보이는 에두아르 뷔야르의 그림은 의미심장합니다. 그 안에서 이런 목소리가 들리거든요.

"내가 누구인지 궁금하니? 그럼 내가 입은 옷을 보렴."

20대 대부분을 패션 잡지사에서 피처 에디터로 일했다. 매달 이번 시즌에는 이런 '핏'이 유행이고, 에디터가 '픽'한 '머스트 해브 아이템'은 이것이고, 이 디자이너가 '핫'하니까 어서 '겟'하라고 부추기는 매체에서 연예인과 예술가들을 인터뷰하고, 여행 기사를 쓰고, 취업과 승진 비법을 정리하거나 그달 나온 새 음반과 영화에 대한 리뷰를 썼다.

몇 달치 월급을 털어서 명품백을 사는 걸 대수롭지 않게 여기는 업계였다. 누가 무엇을 입고 다니는지 집요하게 궁금해하고, 그가 입은 옷과 신발, 가방 브랜드로 비밀스럽게 그를 평가하며, 스타일 품평을 아침 인사처럼 주고받는 패션 업계에서 기죽지 않으려면 명품의 이름값이 필요할 때가 있다. 또 패션지 사무실에는 매달 각 브랜드에서 보내주는 신상품 자료가 질식할 정도로 쌓인다. 보고 듣는 게 많으면 갖고 싶은 것도 많아지는 법. 에디터들은 자연스럽게 명품과 신상 쇼핑에 관대해진다.

샤넬백을 두어 개쯤 가지고 있는 게 에디터로서의 당연한 교양처럼 느껴지는 곳에서 일했지만 그때나 지금이나 내 옷장의 보물은 이런 것들이다. 부산 국제시장에서 산 2~3만 원짜리 구제 원피스, 교토의 어느 주택가에서 열린 벼룩시장에서 유독 수줍음이 많았던 할머니에게 산 300엔 짜리 핸드백, 40년은 되었을 법한 빈티지 옥스퍼드화, 오래된 넥타이를 리폼해 만든 브로치. 내 옷장을 열어보면 세상 풍파에 시달린 브랜드 없는 옷들의 쉼터처럼 느껴지기도 한다.

처음부터 브랜드를 의식하지 않은 건 아니다. 중·고등학교 시절에는 그 당시 유행했던 '스톰 292513', '닉스', '보이런던' 같은 브랜드 옷을 선망의 눈으로 바라보는 평범한 사춘기 소녀였다. 패션 잡지사에 취직이 되어 일을 하면서 여러 브랜드를 한꺼번에 모아놓고 볼 기회가 많았는데, 그러면서 의구심이 들기 시작했다는 게 정확한 설명일 것 같다.

신입 에디터 때 할리우드 여배우들이 즐겨 입는 프리미엄 데님을 소개하는 기사를 쓴 적이 있었다. 키이라 나이틀리가 좋아하는 '트루릴리전', 빅토리아 베컴이 디자인했다는 '락 앤 리퍼블릭', 미샤 바튼이 즐겨 입는 '미스식스티', 캐머런 디아즈가 팬을 자처한다는 '세븐진' 등 한 벌에 40~50만 원씩 하는 고급 청바지 수십 벌을 섭외해 스튜디오 바닥에 펼쳐놓았다. 각 브랜드에서 함께 보내준 보도자료도 모아서 꼼꼼하게 읽었다. 슬림, 섹시, 펑키, 와일드, 모던 등 스타일을 형용하는 온갖 영어가 총동원된 문서를 한 장 한 장 넘겨보면서 바닥에 펼쳐놓은 청바지도 한 벌 한 벌 살폈다.

아무리 봐도 이해가 되지 않았다. 그날 모인 프리미엄 데님의 외양은, 물론 디테일의 차이는 있었지만 큰 맥락에서 볼 땐 거기서 거기였다. 보도자료 내용도 거기서 거기였다. 무엇을 근거로 A브랜드는 뉴요커의 모던한 일상을 브랜드 정체성으로 내세우고, B브랜드는 길들일 수 없는 자유분방한 섹시미를 내세우는지 합리적으로 이해할 방법이 없었다.

그러나 받아들여야만 했다. 그게 패션계의 매커니즘이었다. 어차피 근거는 중요하지 않다. 브랜드는 이상을 파니까. '도시적인 시크함에 가미된 젊고 자유로운 감성'을 내세우는 어반 캐주얼 브랜드는 '저 옷을 입으면 나도 시크하고 젊고 자유로워 보일 것'이라는 꿈과 희망을 판다. 그 꿈꾸는 값으로 누군가는 50만 원을 내고 청바지 한 벌을 얻고 누군가는 세 달치 월급을 털어 가방 하나를 산다.


자사 상품에 특정한 정서와 이미지를 연결시키는 브랜드의 고군분투가 우스워보이는 날도 있었다. 패션, 뷰티, 피처를 가리지 않고 전방위로 일을 배우던 막내 에디터 시절, 향수 기사를 배당받아 촬영을 준비하던 어느 날의 일이다.

회의실 책상에 수십 종류의 향수를 쭉 올려놓고 향을 맡아보면서 보도자료를 읽다가 부아가 치밀었다. '베르가못이 반짝이듯 울려 퍼지며 부드럽고 여성스러우며 달콤한 바닐라에 녹아들어 마침내 향기의 향연을 이룬다', '톡톡 터지는 프루티 노트로 수놓은, 신선하면서도 아찔한 플로럴 레이스'……. 지금이야 실낱이라도 붙잡는 심정으로 말을 갖다 붙였을 홍보 담당자의 고뇌와 자기기만을 가엽게 여기지만 당시에는 '이렇게 제품 이해력이 떨어져서 어떻게 잡지 에디터로 일하나' 하는 막막함에 보도자료를 읽고 또 읽어댔다.

패션 뷰티 브랜드의 외계어 보도자료는 "도대체 이게 무슨 말이야!" 짜증을 유발하지만 저런 문장들을 통해 큰 배움을 얻었다. 브랜드 이미지 메이킹은 근거 없는 우기기일 때가 많다는 점, 또 자신의 정체성과 경쟁력을 파악하지 못한 브랜드일수록 모호하면서 왠지 있어 보이는 문구와 광고 비주얼, 스타 마케팅에 목숨을 건다는 점, 명확한 철학을 가진 상품을 파는 회사는 요란한 퍼포먼스를 하면서 세력 확장하는 데 별 관심이 없다는 점 등.

나름의 학습 과정을 통해 나는 내가 어떤 취향을 가진 사람인지 알게 됐다. 나에겐 아빠가 뒷산에서 떠다주는 약숫물이나 제주 삼다수나 에비앙이나 똑같은 물이다. 물은 물인 거다. 에비앙에서 들으면 기막혀하겠지만 왜 눈 덮인 산 모양의 로고가 '더 건강해질 거란 우아한 약속'을 의미하는지 납득되지 않는다.

라코스테는 '스포츠와 레저의 매력, 유럽의 전통'을, 나이키는 '국경을 초월한 신체적 탁월성'을, 캘빈클라인은 '성공가도를 달리던 1990년대 미국의 정신'을 표현하고 싶어한다는 것을 모르는 바는 아니지만 (참고로 이 브랜드 해설은 2006년 런던에서 브랜드 화형식을 거행한 명품 중독자 닐 부어맨 Neil Boorman이 그 과정을 기록한 책 《나는 왜 루이비통을 불태웠는가?》에서 정리해둔 것을 옮겨왔다.) 납득이 되지 않아서인지 갖고 싶단 마음 역시 생기지 않았다.

우아, 시크, 세련 등 온갖 좋아보이는 말들을 총동원해 여봐란 듯이 감수성을 자랑하면서 왜 그 옷을 만드는 아시아의 가난한 노동자들이 공장에 갇혀 착취당하고 심지어 죽어가는 것에 대해선 침묵하는지, 공장에서 대량 생산해 서울, 도쿄, 뉴욕, 파리 등 온 세상에 뿌려놓고는 왜 그렇게

285
284

'특별'하고 '단 하나뿐'이란 말들을 쉽게 붙여대는지. 거대 산업이 된 패션 계가 보여주는 뻔뻔함을 사랑할 수가 없었다.

당연한 이야기이지만 벼룩시장에는 똑같은 물건이 없다. 특정한 시간에 특정한 장소에서 어떤 물건과 인연이 되어 만난다. 또 선입견을 배제하고 디자인과 품질만 고려해 쇼핑을 할 수 있다. 어느 회사 제품인지, 어떤 사람들이 그 제품을 쓰는지, 사람들 사이에서 어떤 이미지로 회자되는 브랜드인지 등을 따질 필요가 없으니 머릿속이 시끄럽지 않고, 무엇보다 가격이 합리적이다.

이런 이유에서 나는 샤넬백을 맨 편집장 앞에서 "저 이거 교토에서 300엔 주고 샀어요!"라며 구제 핸드백을 자랑하는 사람이 되었다. 정말로 내 눈엔 샤넬백만큼 예쁘니까. 다행히 편집장은 "예쁘다. 딱 너답네"라고 말해줄 줄 아는 멋있는 여자였다. 나답다. 그 말이 나는 제일 듣기 좋았다.

브랜드 애호가든 구제 애호가든 옷으로 말하려는 바는 결국 하나다. '나는 이런 감성을 지녔고, 이런 취향에 끌리며, 이런 세계관을 가진 사람입니다' 하는 자기표현 욕구. 그런데 신기한 점이 있다. 도대체 옷이란 물건이 무엇이길래 새로 산 예쁜 옷을 처음 입는 날에는 슬며시 자신감이 피어오르는 걸까. 새로 산 소파에 앉을 때나 새로 산 프라이팬으로 요리할 때는 같은 감정이 피어오르지 않는데 말이다. 일상의 여러 물건 가운데 옷은 유독 정체성의 문제와 직결되는 것 같다.

프랑스 심리학자 디디에 앙지외<sup>Didier Anziey</sup>는 1995년에 《피부자아》라는 책을 발표했다. 요점은 우리의 정서를 안정시키는 건 배불리 먹는 것보다 좋은 촉감이며, 피부가 정서 그 자체라는 가설이다. 피부는 몸 전체의 골격을 감싸고 신체를 하나로 묶어주면서 나라는 사람의 범위를 정한다. 세상과 나를 구별해주는 경계선이 되는 것이다. 동시에 피부는 숨을 쉬면서 내면과 바깥을 이어주는 투과막 역할도 한다. 피부가 무너지면 나도 무너진다. 디디에 앙지외는 우리의 심리 안에도 이런 싸개 역할을 하는 '피부자아'라는 게 있는데, 그게 무너지면 현실의 자아와 이상적 자아, 자기에게 속한 것과 타인에게 속한 것 사이의 경계가 모호해지고, 자신의 삶을 살고 있지 않다는 느낌에 휩싸이는 등 각종 심리적 징후가 나타난다고 설명한다.

이런 관점에서 보면 '제2의 피부'라 할 수 있는 옷에 대한 욕망을 이해할 수 있다. 자신감이 떨어지거나 우울한 기분에 휩싸일 때 혹은 많은 사람 앞에 서야 하는 두려운 순간을 앞두고 옷 한 벌을 새로 사 입고 싶은 욕망에 휩싸이는 건 심리적 방어막을 마련하겠다는 의미다. 쇼핑이라는 소소한 행위에 거창한 의미 부여냐 싶을 수도 있지만 생각해보자. '노스페이스' 패딩 점퍼를 욕망하는 청소년들의 내면에 소외당할까 봐 두려운 마음이 숨어 있다는 걸 모르는 사람이 있는지.


옷을 좋아하고 치장하길 즐기는 것 자체에 문제가 있다고 생각하진 않는다. 옷을 자기표현의 도구로 쓰는 것도 좋다. 문제는 주객이 전도될 때다. '내가 이런 사람이기 때문에 이 브랜드, 이 상품을 좋아합니다'가 아니라 '이 브랜드, 이 상품이 이러한 이미지이라고 하니 그걸 가진 나도 그러한 이미지로 봐주세요'라면 곤란하다. 패션 디자이너가 그린 콘셉트 그림 같은 에두아르 뷔야르의 작품은 눈이 휙휙 돌아가고 정신이 아득해질 정도로 화려하고 예쁘다. 하지만 재미는 없다. 그 안에 있는 이들이 어떤 영혼을 가진 사람인지 전혀 보이지가 않아서다.

"내가 누구인지 궁금하니? 그럼 내 옷을 보렴."

이런 사고방식은 확실히 내 취향이 아닌 모양이다.

○

**에두아르 뷔야르** Edouard Vuillard, 1868~1940

인상주의 이후 파리에서 탄생한 사조 '나비파'의 일원. 나비Nabi는 히브리어로 예언자를 뜻한다. 머리로 알고 있는 색채 말고 주관에 따라 보고 느낀 대로 색을 채택하고, 장식적인 패턴을 즐겨 그린 피에르 보나르Pierre Bonnard, 모리스 드니Maurice Denis와 함께 나비파를 이끌었다.

* The Green Interior, Edouard Vuillard, 1899, 21×31.1cm, Metropolitan Museum of Art
** Misia at the Piano, Edouard Vuillard, 1895~1896, 25×26cm, Metropolitan Museum of Art

두 가지 상황을 상상해봅시다.

**상황 1**

오늘은 중요한 계약을 진행하는 날입니다. 상사를 모시고 회의실로 들어서
니 협력사 직원들이 보입니다. 그런데 그들 중 한 여성의 얼굴이 뭔가 허전
합니다. 화장을 전혀 하지 않는 맨 얼굴입니다.

**상황 2**

오전 7시 45분, 지하철을 탔습니다. 출근하는 직장인이 빽빽하게 들어찬 지
옥철입니다. 한 여성이 눈을 위로 치켜뜨고 뷰러로 속눈썹을 올리고 있습니
다. 뒤이어 핸드백 안을 정신없이 뒤적이더니 립스틱을 꺼내 바릅니다.

두 개의 상황 속에 각기 다른
젊은 여성이 등장합니다.


그녀들에게서 당신은 어떤 인상을 받았습니까?

* The Toilet, Georges Croegaert, 1891, 23.8×33cm, Private Collection

# Q :
## 민낯이면
## 안 될까요?

**A : 우울한 얼굴로 화장대에 앉은 당신께**

영롱하게 빛나는 크리스탈 향수병, 부드럽고 섬세한 파우더 퍼프, 오일과 향유로 풍족하게 채워진 화장대가 있습니다. 퍼프로 톡톡 뺨을 두드리면 공기 중에 작은 분가루가 퍼져 나가면서 얼굴에 빛이 더해집니다. 크리스탈 병에서 새어 나온 향기 입자가 정신을 아득하게 만드는 비밀스러운 곳에서 당신은 우울한 표정을 짓고 있습니다. 명화에 자주 등장하는 '치장하는 여자들'과 뭔가 다릅니다. 정성껏 자신의 몸을 쓰다듬지도, 빠져들 것처럼 거울을 들여다보지도, 나른하고 매혹적인 표정으로 화장을 즐기지도 않습니다.

시선은 파우더 퍼프에 머물고 있지만 생각은 마치 저기 먼 어딘가를 헤매는 것 같습니다. 이런 게 다 무슨 의미가 있나, 한숨을 내쉬는 것 같기도 합니다. 당신의 드레스가 눈에 들어옵니다. 숨을 쉴 수 없을 정도로 꽉 조여맨 허리선. 갑자기 당신이 느끼고 있을 갑갑함이 전해져옵니다. 당신은 지금 무슨 생각을 하고 있나요?

나는 화장을 하지 않는다. 신입 에디터 시절에 몇 번 해보다 그만두었다. 평소엔 스킨, 로션, 수분크림, 선크림을 바른다. 특별한 취재 일정이 있는 날에는 정갈한 마음으로 비비크림을 발라 마무리한다. 눈썹은 태어난 모양 그대로다. 밀거나 모양을 다듬어본 적이 한 번도 없다. 머리카락 색깔은 순도 100퍼센트의 검정이다. 요즘 유행 기준으로 보면 덥고 무거워 보인다. 외모 자신감이 폭발해서 이러는 건 아니다. 친정 엄마가 내 볼을 만지면서 종종 "아이고, 얼굴에 뭐가 이렇게 두둘두둘 올라왔어"라고 이야기하는 걸 보면 피부가 타고나게 좋은 것 같지도 않다. 딱히 대단한 신념이 있는 것은 아니다. 그저 화장한 내 얼굴이 어색해서 마음에 들지 않고 또 화장이라는 행위를 해서 얻어지는 좋은 점 대비 번거로움이 커서 내린 결정이다.

서른다섯 전까지는 별문제가 없었다. 화장을 하지 않아서 민망했거나 주눅 든 경험은 없었다. 남편은 물론이고 결혼 전에 만났던 남자들 중 그 어떤 사람도 내 민낯에 대해 언급하거나 "화장하면 예쁠 것 같은데……" 하면서 본인이 좋아하는 스타일을 권유하지 않았다. 대화의 주제로 오른 적이 없었기 때문에 나 역시 누가 화장을 하고 다니는지 누가 민낯으로 다니는지 관심을 가져본 적이 없다. 그런데 서른다섯이 넘어가는 순간부터 심심찮게 이 이야길 듣고 있다.

"이제 너도 화장 좀 해야지. 나이가 있는데."

시작은 친정 엄마였다. 엄마는 메이크업 강좌를 따로 챙겨 들을 정도로 화장을 좋아하고 화장품에 관심이 많다. 엄마의 잔소리가 듣기 좋았던 건 아니지만 본인이 좋아하는 재미를 나와 나누고 싶어서 그러나보다 생각했다.

다음은 형부였다. 늘 주변 사람에게 좋은 기운을 불어넣어주는 선한 사람. 내가 무척 좋아하고 존경하는 형부가 오랜만에 나를 만나 같이 나이 들어가는 처지에서 동지애를 다지려는 뜻으로 농담처럼 화장이야기를 했다.

마지막은 오랜만에 만난 옛 직장 선배였다. 선배는 염려의 눈빛을 담아 말했다.

"화장 안 하고 다니네? 이제 신경 좀 써야지. 네가 올해 몇 살이더라?"

모두 나를 아끼는 사람들이고, 별다른 의도 없이 지나가듯 한 얘기다. 그런데 듣는 사람 입장에서는 그게 반복되니 '어머, 나 진짜 화장을 좀 해야 하나 봐' 하는 조급한 생각이 드는 거다. 문득 주위를 둘러보니 민낯으로 사회생활 하는 또래 여자들이 별로 없다는 사실을 알아차렸다.

스무 살부터 화장을 했다는 후배는 민낯으로 밖에 나가는 게 옷을 홀딱 벗고 외출하는 것마냥 민망하다고 했다. 그래서 화장을 못한 날엔 모자를 푹 눌러쓰고 사람들과 가급적 눈도 마주치지 않는다고 했다.

슬펐다. 모자가 말하는 바는 명확하니까. '나를 보지 마세요!' 민낯은 그렇게 가려져야 하는 거구나.

"여자에게 화장은 예의."
"어엿한 성인 여성이 맨 얼굴로 거리를 활보하고 다니는 건 민폐."
"화장은 여자의 전투복이다."
"화장한 여자가 더 프로페셔널해 보인다."
"자신을 가꾸는 건 여자의 본능."

화장에 관한 대부분의 말이 '민낯녀'인 나를 움찔하게 만들었지만 그 중에서도 '여자의 본능'이란 말에선 울컥하지 않을 수 없었다. 아니, 그럼 나는 본능을 거스르는 사람이란 말인가. 여자라면 모두 치장하는 게 재미있어서 까르르 넘어가기라도 해야 한다는 건가.

왜 이런 말이 나왔는지 짐작은 된다. 화장술의 역사는 고대 이집트 시대로까지 거슬러 올라갈 만큼 유구하고, 인류 문명 모든 시기에 유행하는 화장법이라는 게 있었으니까. 예뻐지기 위해 고통을 감수하는 것도 비단 현대 사회만의 현상이 아니다.

프랑스의 도상학자이자 유명 작가인 베아트리스 퐁타넬Beatrice Fontanel이 쓴 《치장의 역사》에 따르면 고대 로마 귀족 여성들은 개미, 파리, 거미 알을 작은 절구에 넣고 빻아 만든 검은색 가루로 눈썹을 그렸다. 중세 여성들은 얼굴에 있는 모든 털, 눈썹, 속눈썹, 이마 위 잔털까지 모두 핀셋으로 뽑아버리고 다시 털이 자라지 않게 하기 위해 박쥐나 개구리 피를 바르거나 양배추를 태운 재를 식초에 담갔다가 발랐다. 효능 좋은 화장품에 대한 여성들의 수요는 연금술사를 자극하기도 했다.

1552년 노스트라다무스[Nostradamus]는 《화장과 얼굴을 아름답게 하는 비법》이라는 책에서 우유에 살무사 한 마리를 으깨 넣고 황산염을 첨가해 증류한 용액을 바르면 주근깨가 없어진다고 소상히 가르쳐준다. 결핵 환자처럼 창백한 피부를 선호했던 낭만주의 시대에는 여성들이 아파보이기 위해 끼니를 굶고 식초를 마시고 레몬을 먹으며 위를 해치는 등 미친 듯이 자학 행위를 했다고 한다. 눈가에 기미가 있는 게 당시 유행이라 일부러 밤늦게까지 책을 읽으며 기미 만들기에 매진했다고도 한다. 여성들이 납과 수은이 들어간 파운데이션 사용을 그만둔 건 20세기 초반의 일이고, 요즘 시대엔 얼굴뼈를 깎는 위험천만한 수술도 별일 아니라는 듯 행해진다.

이유는 명확하다. 어딜 가든 예쁜 여자가 더욱 대접받기 때문이다. 요즘은 남자도 외모지상주의에서 자유롭지 못하지만 아직까지 치장은 대부분 여자의 일로 여겨진다. 이 사회에서 미모는 강력한 스펙이고 자산이다. 아침에 시간을 투자해서 자신감을 보강하는 것이 나쁘다고 생각하지 않는다. 또 다른 누구를 위해서가 아니라 '나를 가꾸고 있다'는 산뜻한 느낌 때문에 화장한다는 말도 이해할 수 있다.

그런데 이상하다. 외모에 과하게 신경 쓰면 머리에 든 것 없는 속물로 오해받는다. 치장을 하면서도 '내가 너무 과한 건가' 검열하게 만드는 은근한 문화가 자리 잡고 있다. 촌스럽고 천박해보이지 않으려면 한 듯 안한 듯 투명하게 꾸며야 한다. 화장을 조금이라도 해본 사람은 알지만 투명 메이크업이 쉽게 되는 게 아니다. 그 경지에 이르려면 더 많은 화장품과 숙련된 테크닉이 필요하다. 옷도 마찬가지다. 신경 안 쓴 듯 보이면서 잘 입는 게 제일 도달하기 어려운 경지다.

꾸미는 것에 관심 없으면 여자의 특권을 포기한 게으른 사람인 양 느끼게 만들고, 꾸미는 것에 관심 많으면 또 내면의 아름다움이 중요하다느니 너무 티 나게는 꾸미지는 말아야 한다느니 이런저런 말들을 해댄다. 장단 맞추며 살기 참 힘들다.

의아함을 느끼는 순간은 또 있다. 출근 시간에 쫓겨 지하철에서 다급하게 화장하는 여자를 추하다고 욕하는 사람을 볼 때. 지하철에서 화장하는 여자가 욕을 먹는 이유가 '옆 사람에게 화장품이 튀어서', '밀폐된 공간에 냄새가 퍼지니까' 같은 실질적 이유라면 수긍할 수 있다. 하지만 그 속을 들여다보면 그냥 꼴보기 싫다는 마음이 더 강할 것이다.

사실 화장하는 과정을 가만히 보면 명화 속 귀부인처럼 우아함을 뽐낼 수 있는 행위는 거의 없다. 메이크업베이스는 슬며시 배어나온 땀과 섞여 번들거리고, 헤어드라이어로 머리 손질이라도 하려면 온 얼굴에 머리카락이 달라붙는다. 퍼프도 다소 경박스럽게 팡팡 두들겨야 투명 메이크업에 가까워지고, 마스카라를 바르려면 눈을 희번뜩 치켜떠야만 한다. 우리 인체 구조상 예쁘게 눈을 뜨고 마스카라를 바를 순 없다.

지하철에서 그 모든 과정을 적나라하게 보이면 여러 사람의 환상이 깨지니까, 혼자만의 공간에서 화장을 하고 나와 결과만 보여주어야 하는 걸까.

* The Powder Puff, Georges Croegaert, 23.2×33cm, Private Collection

세계에서 제일 바쁘고 잠이 부족한 나라에서 얼마나 더 부지런을 떨란 말인지. 사회생활하는 여자의 '쌩얼'은 민폐라고 하더니 어떻게든 예의를 지키려고 애쓰는 사람을 손가락질하는 심보는 또 뭔지.

내가 못마땅하게 여기는 건 '예뻐지고 싶은 건 여자의 본능'이라는 두루뭉술한 말 안에 숨은 모순된 명령이다. 민낯은 민폐니까 화장은 해야 한다. 하지만 티를 내서는 안 된다. 안 보이는 곳에서 테크닉을 연마해 우아하고 은은하게 해내야 한다. 옴짝달싹 못 하게 옥죄는 이 이중 명령 안에서 여자들이 지치고 스트레스를 받는 건 너무 당연하다.

보통 명화 속에서 화장하는 여자는 관능적이고 아름답게 그려진다. 나른하고 몽환적인 눈길로 거울을 들여다보며 자신의 미모에 도취된 표정을 짓는다. 현대의 화장품 광고에서 여자 연예인들이 자주 보여주는 표정이기도 하다. 관람자가 자신의 욕망을 대입시켜 꿈꾸도록 환상을 자극하는 이미지들. 한마디로 가슴 뛰게 만드는 것이다.

하지만 15초짜리 화사한 광고 영상만 계속 보면서 살 순 없다. 정신 건강은 둘째 치고 그 천편일률적인 방식이 지루하고 재미없어서다. 때로는 화장하는 게 염병하게 귀찮고 누굴 위한 짓인지 허무하게 느껴질 때가 있다고 말해주는 블랙 코미디를 보면서 깔깔 웃고 싶은 사람도 있으니까.

벨기에 화가 조지 그로에게트$^{Georges\ Croegaert}$는 누구도 쉽게 말하지 않지만 한 번쯤 궁금해했던 비밀스러운 순간을 보란 듯이 그려냈다. 그의 작품 속에선 치장의 의무를 가진 여자는 울상 짓고, 빨간 옷을 입은 추기경은 은접시와 호화로운 장식품에 둘러싸여 산해진미를 맛본다. 우리가 흔히 알고 있던 예쁜 여성 초상화나 근엄한 성직자 초상화와 비교하면 그의 작품이 짓궂은 농담이나 위악적인 험담으로 보일지도 모르겠다. 하지만 믿는다. 이 그림을 보면서 통쾌해하는 사람이 이 세상에 나 혼자는 아닐 거라고.

○

**조지 그로에게트** Georges Croegaert, 1848~1923
벨기에 앤트워프 왕립예술학교에서 공부하고 파리로 이주해 여생을 프랑스에서 보냈다. 아카데미의 전통 교육 방식대로 그림을 배웠지만 뛰어난 극사실주의 테크닉을 '폭로'에 활용한 독특한 화가다. 추기경의 인간적인 이중생활을 즐겨 그렸고, 귀부인 초상화도 여럿 남겼다.

*   Confidences, Georges Croegaert, 1889, 57×67.5cm, Art Gallery of New South Wales
** Young Woman Arranges a Bouquet, Georges Croegaert, 1880, 28×35.5cm, Private Collection

* Napping, Georges Croegaert, 26×35cm, Private Collection
* The Gourmand, Georges Croegaert, 32.5×41cm, Private Collection

그림 속 여성 모델의 몸을 바라보세요.
살결이 어떤 느낌인가요? 만지고 싶나요?
그녀에게 끌리나요?

같은 포즈를 취하고 있는 남자 모델의 몸은
어떤가요? 끌리나요? 만지고 싶나요?

같은 포즈, 같은 노출.
그런데 왜 이렇게 느낌이 다를까요?

* Venus and the Lute Player, Titian, ca. 1565~1570, 209.6×165.1cm, Metropolitan Museum of Art
** Imperial Nude: Paul Rosano, Sylvia Sleigh, 1975, 152.4×106.7cm, Private Collection

\* Working at Home, Sylvia Sleigh, 1969, 81.3×142.2cm, Hauser & Wirth Collection, Switzerland

# Q:
## 섹시함이란
## 뭘까요?

**A : 실비아 슬레이 작가님께**

작가님 작품을 처음 본 날 느꼈던 충격을 잊을 수가 없습니다. 그동안 여러 미술관에서 온갖 종류의 누드 작품을 보았지만 이 정도로 불편함을 느꼈던 적은 없었어요. 모델의 몸을 미화하지 않고 체모 한 올 한 올까지 사실적으로 옮겨놓은 작가님의 그림은 확실히 지금껏 보았던 고전 누드와 달랐습니다. 무엇보다 큰 차이는 모델이 여자에서 남자로 바뀌었다는 것이었고요. 작가님의 남자 누드를 보면서 '와, 섹시하다. 매혹적이다!' 하는 감탄은 나오지 않았고 주변 눈치를 보게 되더군요. 이 그림을 보고 있는 걸 누가 볼까 봐 두근두근, 죄지은 사람처럼 말예요.

가만히 생각해보니 이상했습니다. 저는 이성애 성향을 가진 보통 여자입니다. 상식대로라면 벗은 여자의 몸보다 벗은 남자의 몸을 더 자연스럽게 즐겨야 하죠. 하지만 고전적인 여성 누드를 보면서는 '예쁘다, 아름답다, 매혹적이다'라고 느꼈고, 작가님의 남성 누드에서는 낯선 당혹감을 느꼈습니다. 똑같이 벗었고 똑같은 포즈를 취하고 있는데도요. 이 차이가 의미하는 것은 무엇일까요?

인터넷으로 뉴스를 읽다보면 자주 접하게 되는 풍경이 있다. 정치, 생활, 문화, 세계 등 어느 분야의 기사를 읽든 마찬가지다. 관심의 시작은 분명 기사였으나 그 끝은 다른 어떤 것으로 대체되는 경우.

기사를 클릭해 읽어내려가면 이내 헐벗은 여성 셀러브리티의 몸이 썸네일로 전시된 배너와 만나게 된다. 여배우, 모델, 가수, 아이돌, 운동 선수 등 여러 직업을 총망라한 노출 사진 위에는 이런 문구가 쓰여 있다. '아찔! 섹시! 비키니 모음', '파격 의상', '화끈한 몸매', '머슬 여신의 자태'……. 이는 보수 언론사 홈페이지도 다르지 않다.

멀쩡한 종합 언론사가 이 정도니 클릭 수에 목숨 건 인터넷 언론사나 스포츠 신문의 사정은 더 황당하다. 한때 'C컵'이란 문구로 큰 재미를 본 이들은 슬금슬금 사이즈를 올려서 이제는 'G컵', 'H컵'이란 단어를 서슴없이 붙여 클릭 수를 올린다. 이 세계에서 여자의 가슴은 바람을 넣으면 넣는 대로 끝 모르고 팽창하는 풍선이다. 그래놓고 터질 듯하다고 법석을 떤다.

드라마나 영화 제작발표회에 참여한 여배우 사진에 해당 작품과 전혀 상관없는 '늘씬 각선미', '보일락말락 시스루' 따위의 문구를 붙여 유통시키는 뉴스 사이트, 드레스 차림의 여배우가 계단을 오를 때 몸을 숙이면 그때를 놓치지 않고 '가슴골' 클로즈업 사진을 찍는 미디어.

어느새 이 모든 풍경이 대단히 놀랍지도 않고 당연한 일상처럼 되어버렸다. 불과 몇 년 전까지만 해도 이렇진 않았던 것 같은데, 그 시절이 참 멀게 느껴진다. 살결이 넘실대는 배너의 존재가 너무 익숙해졌다. 밤마다 번화가 뒷골목에 뿌려지는 살색 명함들처럼 일상 깊숙이 들어와 있지만 누구도 이상하게 여기지 않는 존재.

한편으로 무서운 것은 여자인 나조차도 그런 사진을 보면서 '와, 몸매 정말 예쁘다. 가슴부터 허리로 내려오는 굴곡이 예술이야. 어쩜 저렇게 피부가 매끈해?' 감탄할 때가 있다는 사실이다.

여자 관람객으로서 미술관에서 고전적인 여성 누드를 볼 때처럼 별다른 거부감 없이 화면 가득 펼쳐지는 신체의 아름다움에 도취되는 것이다.


모든 사람은 아름다움과 아름답지 않음을 판단하는 미의식이라는 안경을 쓰고 있다. 서양 유화 역사에서 수없이 반복해 그려진 여성 누드는 당시 지배 계층이자 권력층이었던 일부 남성들의 요구에 맞춰진 것이다. 돈을 주고 그림을 살 수 있는 사람이 부유층 남자들뿐이었으니까 화가들은 최대한 그들을 매혹하는 그림을 그려야 했다. 대놓고 여자의 벗은 몸을 구경하는 것은 교양이 없어 보이니까 신화에 나오는 비너스나 성경에 나오는 여성 인물들을 주인공 삼아서. 실존하는 모델(대개는 창녀 등 당시의 하위계층 여성)을 보고 그린 것은 자명하지만 어쨌든 표면적으로는 신화와 종교의 메시지를 전하는 고상한 그림이었기에 반복 생산될 수 있었다. 이렇게 여성 누드는 서양 유화의 중요한 장르로 자리 잡았다.

파리, 런던, 뉴욕, 피렌체 등 대형 국립 미술관에 전시되어 있는 여성 누드 작품은 인류의 소중한 자산으로 대접받고 있다. 우리는 그런 작품들을 보고 자라면서 '아, 이런 게 아름다움이구나' 하고 교육받는다. 그러는 사이 자기도 모르게 과거 남성 권력층의 미의식을 내면화시켜 눈앞에 안경 하나를 덧씌우게 된다. 미국 페미니스트 미술계의 거목 실비아 슬레이의 작품을 보기 전까지 나는 오랫동안 걸쳐져 있던 이 안경의 존재를 인식하지 못했다.

일례로 17세기 스페인 최고의 화가 디에고 벨라스케스<sup>Diego Velazquez</sup>가 그린 〈비너스의 단장〉<sup>The Toilet of Venus</sup> 작품 제목엔 비너스가 들어가 있지만 그림을 보면 누구나 단박에 안다. 화가가 표현하고 싶었던 게 황홀한 여체인지 비너스 신화인지. 이 작품에서 한 가지 주목해야 할 점은 큐피트가 들고 있는 거울 속에 비치는 모델 얼굴이 흐릿하게 처리되어 있다는 것이다. 그녀가 어떤 영혼을 지닌 인물인지 표현하는 데 관심이 있었다면 화가는 모델의 얼굴 표현에 더욱 신경을 썼을 것이다.

그러니까 이렇게 말할 수 있다. 관람자의 시선을 그림 전면을 메우고 있는 육체와 살결에만 집중시키는 것이 벨라스케스의 의도였을 거라고. 이 작품 안에서 여자의 벗은 몸은 관람자로 하여금 군침이 돌게 하기 위해 존재한다.

여자의 몸을 관음의 대상으로 표현한 이 작품에 대해 여성 운동가가 분노를 표출한 사건이 있었다. 1914년 영국, 여성의 참정권을 얻어내기 위해 치열하게 사회운동을 벌인 팽크허스트<sup>Emmeline Pankhurst</sup> 여사가 국가로부터 탄압을 당한다. 그러자 이에 항의하고자 메리 리처드슨<sup>Mary Richardson</sup>이라는 여성운동가가 이 작품을 칼로 난도질하는 '반달리즘<sup>vandalism</sup> 사건'이 벌어진다.

20세기 초까지 대부분의 국가에서 여성에게 참정권을 주지 않은 이유는 여성이 사유 능력과 판단 능력이 떨어진다는 사회적 동의가 있었기 때문이다. 메리 리처드슨이 진짜로 난도질하고 싶었던 것은 여성에게 군침 도는 육체 이상의 자리를 내어주지 않는 가부장제도의 족쇄였을 것이다.

실비아 슬레이는 전통적인 누드를 의심했다. 이상적인 관람자 자리에는 늘 남성이 있고, 여성의 이미지는 그들을 기분 좋게 해주기 위해 존재하는 가부장적 미의식에 불만을 품었다. 이 문제의식을 표현하기 위해 1970년대에 전통적인 누드 작품 속 여자를 남자로 바꾸어보는 실험작을 연달아 발표했다.

〈비스듬히 기댄 필립 골럽〉<sup>Philip Golub Reclining</sup>에서 모델로 등장한 남성 필립은 벨라스케스의 비너스처럼 벗은 뒷모습을 관람자에게 보여주고 있다. 다른 점이 있다면 거울 속에 비친 모델의 얼굴이 부담스러울 정도로 또렷하다는 것이다. 심지어 작품 제목에 모델 이름까지 넣었다. 화가의 관심사가 필립의 엉덩이였다면 저렇게 선명하게 그의 얼굴을 강조하지 않았을 것이다.

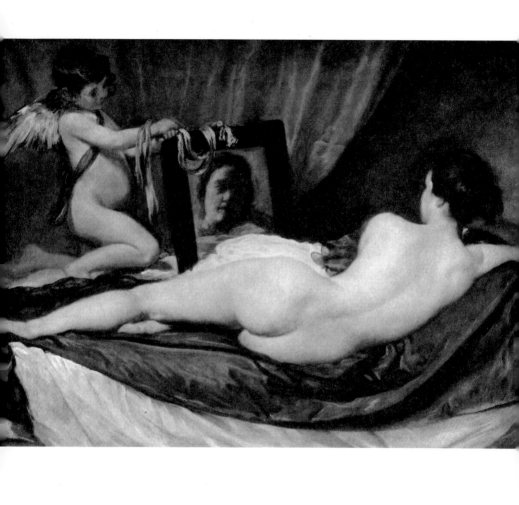

* The Toilet of Venus(The Rokeby Venus), Diego Velazquez, 1647~1651, 177×122.5cm,
  The National Gallery, London
** Philip Golub Reclining, Sylvia Sleigh, 1971, 152.4×106.7cm, Private collection

* The Turkish Bath, Sylvia Sleigh, 1973, 259.1×193cm, The David and Alfred Smart Museum of Art, The University of Chicago
** The Turkish Bath, Jean Auguste Dominique Ingres, 1867, 110×108cm, The Louvre

실비아 슬레이의 또 다른 유명작은 〈터키 목욕탕〉The Turkish Bath이다. 18세기 프랑스 신고전주의 화가 앵그르Jean Auguste Dominique Ingres가 그린 〈터키 목욕탕〉은 당시 유럽이 가지고 있던 터키 문화에 대한 환상을 흥미롭게 보여준다. 이슬람 세계의 부인들이 거처하는 금남의 장소인 하렘과 터키 황제 술탄이 각 지역에서 모아왔다고 전해진 젊은 후궁과 시녀(오달리스크)는 유럽 화가들의 성적 상상력을 자극하는 존재들이었다. 신화나 성경 속 여성으로는 시도하지 못했던 과감하고 유혹적인 포즈를 그릴 수 있고, 또 먼 이국 땅 이야기라고 발뺌도 할 수 있으니 선정성에 대한 비판에서 좀 더 자유로웠던 것이다. 근대 서양 회화에서 '오달리스크'라는 이름이 붙은 원색적인 누드를 심심찮게 발견할 수 있는 이유다.

이런 맥락 안에서 앵그르는 술탄의 후궁들로 꽉 들어차 있는 〈터키 목욕탕〉을 그렸다. 터키에 가본 적 없이 터키 주재 프랑스 대사의 부인이 쓴 《터키탕 견문기》를 읽고 그린 작품이라고 하니 이 안에 흐르고 있는 성적 호기심은 모두 82세 노화가 앵그르의 환상이라 할 수 있다.

실비아 슬레이는 화폭 안에서 남자들이 나체로 무리 지어 있을 때 어떤 느낌인지 한번 보라며 여섯 명의 남성 모델을 그리고, '터키 목욕탕'이라는 제목을 달아 관람객 눈앞에 들이밀었다. 화들짝 놀랄 수밖에 없는 작품이다. 머릿속에서 뭔가가 쨍그랑 깨지고 이전까지 알고 있던 세계가 전복된다.

실비아 슬레이가 그린 여성 누드도 마찬가지다. 성별에 상관없이 그녀의 그림 속에서는 나체와 섹슈얼리티가 별개의 문제로 분리된다. 즉 벗었다고 다 섹시한 건 아니라는 진실이 내재되어 있다. 섹시함은 특정 이미지를 생산하는 특정한 문법의 결과일 뿐, 대상이 된 인체가 원래부터 지 녔던 가치가 아니다.

실비아 슬레이 누드 작품의 특징 중 하나는 오랫동안 서양화가들이 남 성 관람객의 성적 욕망을 불러일으키기 위해 생략하거나 은밀히 가렸던 음모를 없애지 않고 있는 그대로 그렸다는 것이다. 존 버거는 저서 《다른 방식으로 보기》에서 체모에 대해 이렇게 설명한다. 왜 고전적인 누드와 현대 미디어에 나오는 여자의 몸이 솜털 하나 없이 매끈한지 알 수 있는 대목이다.

"음모는 성적 능력 및 욕망과 관련이 있다. 여인의 성적 욕망은 최소 화되어야만 한다. 그럼으로써 그림을 보는 남자는 성적 욕망이 남자 만의 전유물이라고 느낄 수 있게 된다. 여자는 오로지 남자의 성적 욕 망을 채워 주기 위해 존재하는 것이지, 자기 자신의 욕망을 채우기 위 해 존재하는 것은 아니다."

_존 버거, 《다른 방식으로 보기》, 열화당, 2012

과거의 누드 작품에서부터 현대 미디어까지, 몸을 전시하고 있는 여자 의 자리에 남자를 배치해 서로의 위치를 역전시켜보면 그동안 쓰고 있던 미의식이라는 안경의 근원을 알게 된다. 내가 누구의 시선으로 여성의 벗 은 몸을 바라보았는지 깨닫게 되는 것이다. 여자인 나조차 남자들이 여자 를 보는 방식으로 내 몸과 다른 여성의 몸을 보고 있었음을 시인할 수밖 에 없다.

* Imperial Nude: Susan Kaprov, Sylvia Sleigh, 1977, 152.4×106.7cm, Private Collection

모든 시각 예술이 다큐멘터리처럼 사실적이어야 한다고 말하고 싶은 건 아니다. 다만 남성에게 성적 욕망을 불러일으키기 위해 만들어진 유형화된 공식 때문에 자신의 현실을 부정하고 평가절하 하는 일이 우리 삶 속에서 얼마나 빈번히 일어나는지 그것 정도는 기억하자고 말하고 싶다. 비현실적인 누드나 인터넷 배너 사진을 보면서 '여자의 몸은 저렇게 유혹적이어야 하는데, 내 몸은 그렇지 않으니 좌절스럽다' 속 끓이는 일만큼은 이제 그만두자고 말하고 싶다.

미의식이라는 안경은 각 개인의 의지와 상관없이 기본 설정, '디폴트' default로 주어졌다. 하지만 좌절하긴 이르다. 왜곡된 미의식을 교정할 수 있는 보정 렌즈 같은 예술품도 찾아보면 충분히 많다. 안경은 디폴트였지만 렌즈는 옵션이다. 어떤 렌즈를 끼고 자신의 몸을 바라볼지 선택할 권한은 다른 누군가가 아닌 바로 나 자신에게 있다.

○
실비아 슬레이|Sylvia Sleigh, 1916~2010
전통적 유화가 여성의 신체를 재현하는 방식을 고발한 미국의 페미니스트 화가. 남성이 여성의 나체를 응시하고 여성은 보여지는 대상으로서 만족하는 관습을 뒤집기 위해 전통화의 여성 모델 자리에 남성을 넣거나, 남성 모델이 여성 누드에서 흔히 볼 수 있는 교태 부리는 포즈를 취하고 있는 장면 등을 그렸다.

공포 영화를 볼 때,
당신은 다음 두 가지 상황 중
어떤 장면에서 더 공포심을 느끼나요?

## 1

컴컴한 어둠 속에서 한참을 쫓기던 인물이
가까스로 발견한 문손잡이를 잡는다. 아직 살인이 일어나지는 않았지만
배경음악이 점점 고조되며 긴장감이 흐르는 순간.

## 2

꽝음과 함께 문이 벌컥 열리고 인물이 결국 살인마에게 죽임을 당한다.
화면 가득 선혈이 낭자하는 순간.

* Children of the Sea, Josef Israels, 1872, 93.5×48.5cm, Rijksmuseum

## Q :
걱정이 왜 그렇게
많아요?

### A : 오빠 등에 꼬옥 매달려 있는 꼬마에게

창천과 바다가 만들어낸 파랗고 후련한 여백 안에 있는 너희 모습을 보자마자 나는 "아!" 하며 작은 전율을 느꼈어. 작은 돛단배의 순항을 기원하는 네 꼬마들의 염원이 어찌나 강력히 전달되던지, "오구오구, 그랬어요? 돛단배가 걱정돼요?" 이렇게 말하면서 네 엉덩이를 톡톡 쳐주고 싶었단다.

너희를 그린 화가 요세프 이스라엘스 Josef Israels는 19세기 중반 네덜란드에서 가장 존경받았던 화가야. 장-프랑수아 밀레가 〈이삭 줍는 여인들〉 The Gleaners 같은 작품으로 프랑스 농민의 삶을 사실적으로 화폭에 옮겼다면 요세프 이스라엘스는 바닷가의 전원 풍경과 네덜란드 어부의 삶을 그려냈어. 그래서 '네덜란드의 밀레'라는 별명으로 불린다더구나.

너희는 아마 어부의 자녀들이겠지? 어른이 되면 작은 장난감 배가 아니라 정말로 커다란 배를 타고 저 멀리 바다로 나가겠지? 순항을 염원하고 있는 작은 돛단배가 꼭 너희의 미래를 상징하는 것 같아. 오빠 등에 껌딱지처럼 붙어 있는 너를 보니 어린 시절 나와 언니 생각도 나는구나.

나에겐 세 살 터울의 언니가 한 명 있다. 어릴 때 언니는 알아주는 수다쟁이였다. 한시도 쉬지 않고 재잘재잘 노래 부르고 까불고 하여간 흥이 많았던 어린이. 지금도 일가친척이 모이면 이따금씩 "옛날에 혜윤이가 엄청 장난꾸러기였지" 하면서 각자 기억하는 언니의 재롱담을 쏟아낼 정도다.

나는 친구들이랑 노는 것을 좋아하긴 했지만 혼자 있는 시간을 더 좋아했다. 특히 모르는 사람 앞에 서면 기운이 빠지는 느낌을 받았고, 얼른 집에 돌아가서 조용히 만화책을 보고 싶었다. 상대적으로 언니에 비해 늘 조용하고 말을 잘 듣는다는 평가를 받았다.

어린 시절 언니는 하고 싶은 게 있으면 기어코 했다. 친구네 집에서 놀다가 엄마랑 약속한 귀가 시간이 지나도 자기가 더 놀고 싶으면 더 놀다 오는 그런 아이였다. 어느 날에는 해가 져서 깜깜해지도록 소식이 없는 언니를 찾기 위해 아파트 온 단지에 쩌렁쩌렁 울리게 "관리사무소에서 안내 말씀드립니다. 33동 사는 최혜윤 어린이는 이 방송을 듣는 즉시 귀가하기 바랍니다!" 방송까지 한 적도 있다. 그땐 휴대전화도 없었으니까 엄마로선 그게 최선의 조치였다. 방송이 나가고 나면 언니는 그제야 엄마에게 혼날 걸 두려워하며 쭈뼛쭈뼛 집으로 돌아왔다. 언니는 엄마가 정해놓은 규칙보다 자신의 욕구가 더 중요한 천방지축 말괄량이였다.

우리 집은 아빠가 다정하게 안아주고 놀아주는 역할, 엄마가 엄하게 훈육하는 역할을 맡았던 터라 엄마의 야단은 무섭고 단호했다. 언니가 반복해서 약속을 어길 땐 회초리로 맞기도 했다. 안방 문이 닫히고 찰싹찰싹 종아리 맞는 소리가 문틈으로 들려오면 난 그 앞에서 계속 서성거릴 수밖에 없었다. 언니가 아픈 게 너무 슬펐다. 심장이 얼어붙는 것 같아서 혼자 방 안에 앉아 모른 척할 수가 없었다. 조금 컸을 땐 언니가 집에 돌아오기 전에 엄마 곁에서 온갖 아양을 피우면서 어떻게든 엄마 기분을 풀어주려고 애썼던 기억이 난다.

상대적으로 조용하고 통제하기 쉬운 아이였던 나는 직접 회초리를 맞기보다는 맞는 언니를 지켜볼 때가 많았다. 말괄량이 언니 덕에 '이렇게 하면 엄마에게 야단맞는구나'를 빨리 터득해서 늘 고분고분하게 엄마가 정해준 선 안쪽에 있었다.


서로 다른 유년기가 우리 자매의 성장기에게 미친 영향은 이렇다. 언니는 작은 실패나 좌절(회초리), 혹은 세상이 정해놓은 좋아 보이는 것들에 흔들리지 않고 결국 자기 하고 싶은 대로 인생을 끌고 나가는 성격이됐고, 나는 실패나 좌절을 크게 겪은 적도 없으면서 막연한 두려움 때문에 안전한 길에 끌리는 성격이 됐다. 물론 성격이라는 게 엄청나게 복잡한 요인들로 이뤄져 있어서 칼로 무 자르듯 단정 지을 순 없고, 두 성격에도 각각 일장일단이 있다.

소극적이고 안정 지향적이었던 성격을 극복하기 위해 20대 전부를 전투하듯 보냈으면서도 나는 여전히 작은 실패에 일희일비한다. 이제와 돌이켜보니 '그때 좀 혼나면서 선을 더 넘어보는 건데' 싶은 후회가 든다. 매는 빨리 맞는 게 낫다는 어른들 말씀, 하나도 틀린 게 없다. 학교에서 줄을 서서 회초리 맞을 때 맨 뒤에 있는 아이의 공포감이 제일 크다. '얼마나 아플까' 온갖 상상을 하기 때문이다.

대학 졸업을 하자마자 서둘러 취직을 했다. 백수로는 단 하루도 살고 싶지 않아서였다. 그때 내 머릿속에는 글을 쓸 수 있는 정규직 월급쟁이 외에 다른 선택지가 전혀 없었다. 창업을 해서 자영업자로 사는 삶, 불안정한 예술가, 작가, 프리랜서의 삶은 두려움 그 자체였다. 어디에 가서 "취업 준비 중이에요"라고 말하는 상황도 싫었다. 그래서 재볼 것도 없이 날 뽑아준 잡지사에 들어갔다.

잡지사 일은 호기심이 잡스럽게 펼쳐지는 내 성향과 잘 맞고 재미도 있었지만 회사를 다니는 동안 마음 한편에는 늘 다른 가능성을 꿈꾸는 뜨거움이 있었다. 매체를 위한 글 말고 자기를 위한 글을 쓰는 삶에 대한 동경의 불길은 연차가 쌓여도, 승진을 해도 잦아들지 않았다.

자주 탈출을 꿈꿨다. 저 멀리, 아는 사람이 아무도 없는 이국에서 딱 1년만 나에게 시간을 주고 여행하듯 살아봤으면. 하지만 정규직 월급쟁이라는 신분을 내려놓을 용기가 쉽게 생기진 않았다. 한낮의 뜨거움이 깊은 밤의 냉기를 통과하면 동트기 전 초록 잎새에 이슬이 맺힌다. 그렇게 달뜬 동경과 냉정한 현실이 서로 스쳐가는 순간에 마음에 작은 용기 한 방울이 맺혔다. 그 방울방울을 소중하게 옮겨 투명한 비커에 모아두었다. 아주 천천히, 조금씩. 비커를 채우는 데 10년이 걸렸다.

대학생 때는 정규직 월급쟁이 이외의 삶은 낭떠러지인 줄 알았는데, 퇴사를 하고 직접 겪어본 프리랜서의 삶은 그렇게까지 절망적이지 않았다. 월급이 주는 안도감 같은 보상은 없지만 다른 차원에서 그걸 상쇄하는 보상이 있다는 걸 알게 되었다. 30대가 되어서야 깨달았다. 안 좋은 일을 두려워하는 데 에너지를 쓰는 것보다 차라리 빨리 (내가 안 좋다고 여기는) 그 일을 겪는 게 낫다는 걸.

두려워한 그 일을 막상 경험해보면 상상만큼 최악이 아닐 때가 많다. 공포 영화를 볼 때 가장 무서운 장면은 살인이 일어나고 있는 순간이 아니다. 곧 사건이 벌어질 것만 같아 불안한 직전 순간이 더 무섭다. 그러니까 겪어보지 못한 일에 대한 걱정이나 두려움, 공포심을 해결하는 가장 좋은 방법은 그 일을 직접 겪어서 실제로 얼마나 고된지, 얼마나 불편한지 느껴보는 것이다. '아, 내가 이 일을 겪어낼 힘이 있는 사람이구나. 괜찮구나'를 체감하는 것.

이런 생각을 한 사람이 아주 오래전, 심지어 2000년 전에 이미 있었다. 바로 고대 로마 시대 철학자 세네카<sup>Lucius Annaeus Seneca</sup>다.

"세네카는, 욕망이 채워지지 않을 경우 어떤 일이 일어날 수 있는가를 이성적으로 헤아려보면 우리는 그 예상된 문제들이 그것이 야기한

근심보다 훨씬 덜 심각하다는 사실을 거의 예외 없이 깨달을 수 있다
는 점을 확언한 셈이다. (……) 감옥에 갇히거나 유배되는 것은 물론
좋지 않은 일이다. 그렇지만 세네카의 주장의 핵심은 그런 처벌이 루
킬리우스가 근심의 본질을 면밀히 분석하기 전에 두려워했던 그 정
도까지는 절망적이지 않다는 것이다."

—알랭 드 보통, 《철학의 위안》, 청미래, 2012

　어떤 일이 벌어졌을 때(예를 들면, 친구가 건강이 좋지 않다고 말할 때나 친
구가 일자리를 잃었을 때 등) 당사자를 가장 안도하게 하는 말은 뭘까? 언뜻
생각나는 말은 "괜찮아. 더 좋은 일자리가 생기려나 봐. 나중에 더 잘될
거야" 같은 긍정적인 이야기이다. 하지만 알랭 드 보통Alain de Botton에 따
르면 "백수, 될 수 있지. 요즘처럼 백수 많은 시대에 우리라고 예외란 법
은 없으니까. 그런데 백수로 살아보는 게 네 생각만큼 비참한 순간의 연
속은 아닐 거야"라고 말해주는 게 가장 적절한 위로다. 보통은 더 나아가
장밋빛 예언으로 당사자를 안심시키는 게 가장 잔인한 형태의 대책이라
고 말했다.

"장밋빛 예언들은, 근심에 빠진 사람에게 최악의 결과를 무방비 상태
로 당하게 할 뿐만 아니라, 고의는 아닐지라도 그런 위안의 말에는 최
악의 결과가 닥칠 경우 매우 비참한 것일 수도 있다는 암시까지 담겨
있다. 현명하게도 세네카는 우리에게 나쁜 일들도 일어날 수 있다는
점을 고려하도록 요구하면서, 하지만 그런 결과도 우리가 두려워하

는 것만큼 나쁘지 않을 수 있다고 덧붙인다."

__알랭 드 보통, 《철학의 위안》, 청미래, 2012

어릴 때부터 간접경험으로 걱정을 키우는 대신 직접경험으로 자잘한 반항과 실패와 좌절을 겪었더라면 일찌감치 내면의 심지가 단단해졌을지도 모르겠다. 어려운 길만 다니는 탐험가 같은 우리 언니처럼. 살아있는 걱정인형 동생은 대신 이런 요령을 습득했다. 걱정으로 마음이 어수선해질 때는 다음 두 문장을 소리 내어 읽을 것.

나쁜 일이 늘 나만 피해가란 법은 없다.
그러나 그 일이 실제 벌어지더라도
그 결과가 내가 지금 두려워하는 것만큼
나쁘지 않을 수도 있다.

○
**요세프 이스라엘스** Josef Israels, 1824~1911
19세기 네덜란드에서 가장 존경받은 예술가 중 한 명이었다. 11세부터 그림을 시작해 암스테르담, 파리에서 고전주의 기법을 완벽하게 연마하고, 그 뒤로는 독일을 자주 찾아 낭만주의 화풍에 눈을 떴다. 최고 수준의 실력을 쌓았지만 권력층을 위한 역사화가 아닌 시골 마을의 일상을 그리는 데 생애를 바쳤다.

*   The Seamstress, Josef Israels, 1850~1888, 61×75cm, Rijksmuseum
** Sailboat, Josef Israels, 1860, 22.9×30.5cm, Private Collection

지난 24시간 동안 경험했던 일, 마주한 순간들을 떠올려보세요.
어떤 일을 했고, 무엇을 보고 느끼셨나요?


자, 이제는 그 24시간 중에서 가장 좋았던
1초를 떠올려보세요.
어떤 순간을 '최고의 1초'로 꼽으시겠습니까?

맞아요. 이해해요. 지난 24시간 동안 무슨 일을 했는지
기억이 잘 나질 않죠? 그중에서 최고의 1초를 고르는 것도 쉽지 않고요.
그럼에도 한번 생각을 이어나가면 좋겠어요.

느껴보세요. 어떤가요?

머릿속 기억 상영관에서 흘려보냈던
일상의 순간들을
'되감기'로 훑어보는 지금,

기분이 조금 좋아지지 않았나요?

* After School, Peter Ilsted, 1904, 43×49cm, Private Collection

**A : 활짝 웃고 있는 소녀에게**

그림 제목을 보고 너의 함박웃음을 단번에 이해하게 됐어. 갑갑
했던 학교에서 탈출한 뒤 친구와 시시콜콜한 이야기를 나누는
지금, 넌 얼마나 신이 나고 행복할까. 아마 너의 하루 중 지금이
최고의 순간이 아닐까 상상하게 되었단다.

널 만나게 된 건 내가 좋아하는 덴마크 화가 빌헬름 하메르쇠이
덕분이야. 그의 그림을 보기 위해 코펜하겐에 갔다가 자연스럽
게 처남인 화가 피터 일스테드Peter Ilsted에 대해 알게 되었거든.
둘의 그림은 같은 사람이 그린 것처럼 닮아 있지만 그 안에 흐르
는 정서는 조금 다르더구나. 두 화가 모두 집요할 정도로 일상적
인 순간을 그렸지만 피터 일스테드 작품에선 일상을 바라보는
너그럽고 따뜻한 시선이 느껴져. 색채도 조금 더 다양하고.

덴마크 실내 화가들이 그린 일상화를 보면 이러한 질문들이 계
속 떠올라. 내가 친구와 수다 떠는 모습도 누군가의 시선으로 볼
때 저렇게 아름다울까? 내 방도 그림으로 그려놓으면 특별해보
일까? 닳고 닳은 일상의 공간, 때론 궁상맞고 지리멸렬한 일상
의 순간을 아름다운 예술로 승화시킨 원동력은 뭘까?

옛날에 쓴 일기장을 다시 읽는 일은 모순된 감정을 불러일으킨다. 가령 2007년에 쓴 '이렇게 나의 스물여섯이 가버리다니. 내년에는 스물일곱이라니. 나는 스물일곱을 어떤 마음으로 맞아야 하는지 생각해본 적도 없는데' 이런 일기를 읽을 때면 배꼽을 잡고 웃게 된다. 아, 이 귀여운 녀석. 스물일곱 따위가 어디서! 이렇게 푸하하 웃으면서 다음 장을 넘기다 숨이 헉 들이켜지고 눈물이 핑 돈다.

알게 되는 게 많아질수록 선택의 무게는 더 무거워지겠지만 그럼에도 불구하고 내린 선택에 의해 내 존재를 단단히 확인할 수 있겠지. 그러면 남을 기웃거리거나 값싼 애정을 바라거나 두리번거리며 살지 않아도 되겠지.

___2007년 12월 26일 00시 01분 08초

조금 전까지 어리다고 놀림받던 아이가 불쑥 코앞에 거울을 들이민다. 지금의 너는 어떤 모습이냐고 묻는다. 갑자기 훅 들어온 한 방에, 시간이 지나도 달라진 게 없는 인간이 된 것 같아 2007년의 그 아이에게 미안해진다. 유치하다고 놀리던 마음이 반성 모드로 돌아서는 데는 불과 일기장 한 페이지를 넘기는 시간밖에 걸리지 않는다.

일기장을 다시 읽을 때 느끼는 감정은 이런 식이다. 부끄럽다가 돌연 기특하고, 너무 보잘것없어서 낯간지럽다가 일순간 급소를 찔린 기분이 든다. 툭 하면 등장하는 비문과 우악스러운 표현, 결코 남에게 말할 수 없는 창피한 사건을 다 지워버리고 싶다가도 문득 '내 존재의 만족스런 부분만 기록하는 것은 소용없는 짓'이라고 말한 수전 손택<sup>Susan Sontag</sup>의 말에 공감하게 되는 식이다.

나에겐 노트 일곱 권의 일기장과 컴퓨터에 저장된 한 개의 문서 파일이 있다. 블로그에도 일기나 다름없이 사적인 글을 올리지만 남들이 볼 것을 염두하고 쓴다는 점에서 일기장과는 근본적으로 다른 공간이다. 일곱 권의 일기장과 A4 용지 80페이지 남짓한 문서 파일을 읽어본 사람은 지금까지 아무도 없다. 타인을 염두하고 쓰는 순간 그건 일기가 아니다.

손으로 일기를 쓸 때 필체는 대개 엉망이 된다. 생각이 흘러가는 속도를 손이 따라잡을 수가 없어서 글씨를 마구잡이로 휘갈기기 때문이다. (그래서 시간이 흘러 다시 읽어볼 때 뭐라고 쓴 건지 알아보지 못하기도 한다.) 설익은 생각, 모호한 느낌, 언뜻 스치는 직관 등을 자기검열 없이 쏟아내기 때문에 제대로 된 글이라고 보기도 어렵다. 뒤엉킨 마음을 일기장에 한판 쏟아놓고 시원해진 상태로 일상으로 돌아가 열심히 생활을 하다가 어느 날 문득 다시 그 글을 읽었을 때, '응? 이때 내가 무슨 심경으로 이렇게 쓴 거지?' 의아함을 느낄 때도 있다. 물론 반대의 경우도 있다. 별생각 없이 휘갈겨놓은 구절에서 '와! 이 발상을 좀 더 발전시켜서 다음 책 주제로 잡아보면 좋겠다' 하며 영감을 얻기도 한다. 과거의 내가 쓴 글에서 지금의 내가 위로를 받을 때도 많고.

다시 말해 나에게 일기는 미래의 어느 순간에, 그 글의 유일한 독자(나)가 읽을 것을 전제하고 쓴 글이다. 그때의 내가 이후의 나에게 교신 신호를 보내는 셈이다. 출발지가 있으면 허정허정 이곳저곳 헤매이는 것도 과정으로서 의미를 지니게 된다. 일기는 일상에 맥락을 부여한다. 점과 점이 연결된다. 우주처럼 광활하고 컴컴한 무한의 시간 속에 흩뿌려진 기억을 끌어 모으면 땅을 딛고 선 발에 힘이 단단히 들어간다.

일기장의 의미에 대해 설명하는 글 중에 나는 이보다 더 공감 가는 구절을 만난 적이 없다. 버지니아 울프가 쓴 《어느 작가의 일기》에 실린 글이다. 독자들과 꼭 나누고 싶어 그대로 옮긴다.

"내 일기가 어떤 모양이기를 바라는가? 짜임새는 좀 느슨하지만 지저분하지는 않고, 머릿속에 떠올라오는 어떤 장엄한 것이나, 사소한 것이나, 아름다운 것이라도 다 감쌀 만큼 탄력성이 있는 어떤 것. 고색창연한 깊숙한 책상이나 넉넉한 가방 같은 것이어서, 그 안에 허섭스레기같은 것들을 자세히 살피지 않고도 던져 넣을 수 있는 그런 것이기를 바란다. 한두 해 지난 뒤 돌아와 보았을 때, 그 안에 들어 있던 것들이 저절로 정돈이 되고, 세련되고, 융합이 되어 주형으로 녹아 있는 것을 보고 싶다. 정말 신비스럽게도 이런 저장물들에는 그런 일이 일어나곤 한다."

_ 버지니아 울프, 《어느 작가의 일기》, 이후, 2009

2014년에 출간한 첫 책 《그때는 누구나 서툰 여행》 작가 서문에 이렇게 썼다. 여행자의 마음으로 하루하루를 살고 싶다고, 지리멸렬함 속에 숨어 있는 신비와 기적까지도 감탄할 줄 아는 사람이 되고 싶다고, 가장 익숙한 것에서 가장 큰 깨달음을 얻고 싶다고. 하지만 일상의 일상성을 여행자의 눈으로 감탄하며 바라보는 것은 쉽지 않았다. 공과금 납부일을 챙기는 일, 수거 요일에 잘 맞춰서 쓰레기를 분리수거 하는 일, 악취가 스멀스멀 올라오는 싱크대 개수대를 비우는 일, 무거운 시장바구니를 들고 육수를 뽑듯 땀을 흘리며 집으로 돌아오는 일……. 이렇게 귀찮고 궁상스러운 순간을 어떻게 여행자처럼 사랑에 빠진 눈으로 바라보고, 아름다움을 발견하고, 깨달음을 길어올 수 있느냔 말이다! 빽 소리를 지르고 싶을 만큼.

내가 각별히 좋아하는 덴마크 화가 빌헬름 하메르쇠이는 물론이고 그의 처남 피터 일스테드 그림에서도 사람들은 하나같이 자신의 집에서 별 것 아닌 일을 하고 있다. 문 앞에 기대고 앉았거나, 창밖을 내다보거나, 사과 껍질을 벗기는 순간처럼 대단한 사건이나 드라마가 없는 지극히 평범한 순간만을 포착해 그림으로 남겼는데, 그들의 그림을 볼 때마다 "우아……" 낮은 감탄의 신음 소리를 내며 그 안으로 빠져들고 만다. 일상 공간을 고요하게 가로지르는 햇빛, 그로부터 퍼지는 신비로운 기운, 정적에

잠긴 인물. 이런 몽환적인 표현 덕분에 분명 닳고 닳은 일상임에도 뭔가 낯설고 특별한 느낌이 느껴진다. 눈에 보이는 일 이면에 숭고한 의미가 있을 것만 같은 인상을 받는다.

그의 그림을 오랫동안 들여다보면 이런 질문이 샘솟는다. 그림 속 인물들이 하고 있는 일상적 행위―신문 읽기, 창문 내다보기, 편지 읽기, 잡담 나누기―를 딱 저 한 순간에만 했을까? 어제도 하고 그제도 하지 않았을까? 어제 한 신문 읽기와 오늘 한 신문 읽기에 크게 다른 점이 있어서 저 날만 그림으로 남기기로 한 걸까? 책을 읽거나 편지를 쓰거나 창밖을 바라보는 순간이 과연 대단히 특별해서 화가가 그림으로 남긴 걸까? 그림으로 기록되었기 때문에 특별해진 건 아닐까? 어느 날, 불현듯 깨달았다. 특별해서 기록하는 게 아니라, 기록해서 특별해졌음을.

허섭스레기 같은 것을 자세히 살펴보지도 않고 던져 넣는 것과 같은 일기 쓰기였지만 일기를 쓰지 않았다면 내가 스무 살이 되던 2001년의 생일날, '매력적인, 카리스마 있는, 똑똑한, 몽환적인, 개성 있는, 깊이 있는, 생산적인, 박식한, 판단력 있는, 주관 있는, 아이처럼 순수한, 솔직한, 자유로운, 감각 있는, 절제력 있는, 논리적인, 용기 있는, 낙서를 잘 하는, 계획 세우길 좋아하는, 책임감 있는, 책을 많이 읽는, 혜안을 가진, 비판다운 비판을 하는, 집중을 잘하는, 진심으로 눈물 흘릴 줄 아는, 글솜씨가 좋은, 고민하는, 독특한 취향을 가진, 다른 사람의 눈동자를 똑바로 쳐다볼 수 있는, 영향력 있는, 상상력이 풍부한, 진취적인, 달을 매우 사랑하는, 차분하게 이야기하는, 창의적인, 만들기를 좋아하는, 분명한, 건강한, 모르

\* At the Window, Peter Ilsted, 58×58cm, Private Collection

* Girl with Tray, Peter Ilsted, 1915, 40×49.5cm, Private Collection

는 걸 모른다고 하는, 공부하는, 그리워하는, 완벽하지 않은' 사람이 되고
싶어했다는 사실을 까먹어버렸을 것이다.

일기를 쓰지 않았다면 서른 살이 되던 2011년의 생일날, 혼자 인천공
항에 여행 갔던 일도 잊어버렸을 것이다. 공항 터미널 4층, 활주로가 내려
다보이는 카페에 앉아서 '어릴 땐 생각할 것이 뭐 그리 많았는지. 생각을
휘갈기며 정리하지 않고는 견딜 수 없는 혼돈이 내 안에서 조금씩 사라지
고 있는데, 그럼 나는 옳은 길로 즐겁게 가고 있다고 믿어도 될까?' 자문
했던 것도 기억해내지 못할 것이다.

일기를 쓰지 않았다면 남편과 연애한 지 1005일 되던 날, 내가 '이렇게
착한 사람과 인생의 후반부를 함께할 수 있어 행복하다. 동시에 두렵다. 다
가올 우리의 삶이 너무 가혹하지 않기를 바란다. 아프거나 꿈을 접거나 깊
이 좌절하는 일이 최대한 없기를 바란다. 그렇다고 고요하고 나태하기를
바라는 건 아니다. 두 영혼의 깊이가 깊어질 수 있도록, 시간을 바꾸어 현명
함을 얻을 수 있도록, 삶의 굽이굽이를 두 발로 직접 걸어가길 바란다. 사랑
이 우리를 깊어지게 하기를' 하고 바랐던 사실을 잊을지도 모른다.

때문에 앞으로도 나는 기록하길 멈추지 못할 것이다. 별다를 것 없어
보이는 하루하루를 특별하게 만들기 위해, 순간을 힘껏 사랑하기 위해.
씀으로서 비로소 나는 씌어진 것들을 사랑할 수 있다.

* Homework, Peter Ilsted, 50×40.5cm, Private Collection

\* A Sunlit Interior, Peter Ilsted, 1909, 53×61cm, Private Collection

\*\* Interior with Two Girls, Peter Ilsted, 42×44cm, Private Collection